心灵岛：
那些流年的暖心事

华语世界最温暖的心灵故事读本
温情卷
HUAYUSHIJIEZUIWENNUANDE
XINLINGGUSHIDUBEN

主编◎周　语　　陈吉秀

河南文艺出版社

图书在版编目（CIP）数据

那些流年的暖心事/周语,陈吉秀主编. —郑州:河南文艺出版社,2013.10

（心灵岛;3）

ISBN 978-7-80765-901-3

I.①那… II.①周…②陈… III.①散文集-中国-当代②随笔-作品集-中国-当代 IV.①I267

中国版本图书馆 CIP 数据核字（2013）第 184171 号

出版发行	河南文艺出版社
本社地址	郑州市鑫苑路 18 号 11 栋
邮政编码	450011
本社网址	http://www.hnwycbs.cn
电子信箱	master@ hnwycbs.cn
售书热线	0371-65379196
承印单位	河南新华印刷集团有限公司
经销单位	新华书店
纸张规格	890 毫米×1240 毫米　1/32
印　　张	8
字　　数	158 000
版　　次	2013 年 10 月第 1 版
印　　次	2013 年 10 月第 1 次印刷
定　　价	23.80 元

目录

第一辑　在一朵花开的时间醒来

信任是一种体制　/　葛红兵　3

花儿不管,也不问　/　荞小麦　8

错位　/　蓝莓　11

写给圣诞老人的信　/　照日格图编译　15

爱一天少一天　/　卫宣利　18

以自嘲的方式告别　/　姜钦峰　20

"大鲨鱼"的艺术细胞　/　梁阁亭　23

给不给爱一个台阶　/　积雪草　26

苍耳子一样纠结的青春　/　李丹崖　30

我可是真正的艺术家　/　梁阁亭　33

爱在光年外　/　积雪草　36

失而复得的美好　/　朱成玉　44

仅是一朵花开的时间　/　一路开花　47

1

第二辑　做好你人生的这道选择题

着迷于倾听这样的心跳　/　李丹崖　55

把自己培育成一粒红绿豆　/　崔修建　57

带刀的文人　/　姜钦峰　60

不是生存,是生活　/　胧月　62

不执着的心境　/　王飙　65

一张纸里的快乐天堂　/　照日格图　69

没人可以否认的美丽　/　陈亦权　72

雅间里的遗忘与孤独　/　照日格图　75

第三辑　谁惊扰了我们最美的青春

两声花开双芳菲　/　梁阁亭　81

谁惊扰了那段最美的时光　/　安宁　84

越狂的和尚越悲痛　/　凉月满天　88

马不停蹄地奔向枯萎　/　朱成玉　92

吃苦,是优质人生的基础　/　玛格丽特　96

总会有爱在那里　/　蓝莓　99

冰雪终将消融　/　梁阁亭　102

与豆饼有关的两个故事　/　李丹崖　105

遇上了,就唠唠吧　/　李丹崖　108

土豆开花　/　积雪草　111

婚礼上的验钞机　/　照日格图　116

让心灵先到达那里　/　崔修建　119

第四辑　为你打开一扇温暖的门

做自己的预言者　/　梁阁亭 125

黑夜中的母亲　/　一路开花 129

青春的前轮与后轮　/　一路开花 132

每朵云都是一张亲人的脸　/　朱成玉 135

冬日里的那一缕温暖叫永远　/　崔修建 138

第五辑　每朵阴云都是阳光的心

新闻界第一夫人　/　一路开花 145

抬起头,看到满天星星　/　梁阁亭 149

只要心路不被迷雾遮住　/　崔修建 153

明天依然会有蜜蜂飞来　/　李丹崖 156

一句话"激"出的老板　/　吕麦 159

爱,是重复的琐碎　/　吉娃娃 163

每朵阴云都是阳光的心　/　一路开花 165

爱无灵犀　/　朱砂 168

第六辑　谁也不能替你走青春

你看见鄙夷,我看见财富　/　陈亦权 175

谁也不能替你走青春　/　安宁 178

每一种成长都曾与寒冷为邻　/　一路开花 182

四十八个未接电话　/　孙道荣 185

上帝的恩赐　/　周海亮 189

第七辑　桃木手镯的如水流年

把自己当成种子钻进泥土里　/　陈亦权　197

黑暗中的珍珠　/　朱成玉　200

梦想让你与众不同　/　朱砂　202

桃木手镯的如水流年　/　卫宣利　205

奔跑的姿态离理想最近　/　李丹崖　212

我知道你没那么坚强　/　徐立新　215

第八辑　有一些心事，再无法忘怀

你能得到多少分贝的掌声　/　朱成玉　221

我带手电了　/　姜钦峰　224

鞋底上的选举　/　感动　227

帕克那屋顶上的时光　/　李丹崖　230

一双鞋的伤害　/　胧月　234

善良做芯，爱心当罩　/　朱成玉　237

一棵桂花树的爱　/　一路开花　241

有一种爱叫相依为命　/　孙道荣　245

第一辑

在一朵花开的时间醒来

信任是一种体制

/葛红兵

在怀特岛的时候,我们住在 THE HARROW LODGE HO-TEL,第一天入住的时候,我们需要发票,招待员 David 说他不能给我们开发票,只有经理可以,不过没有问题,第二天早上早餐前,经理会来把发票开好,我们只要到柜台来领就可以了。

第二天,我们出门前路过大厅,果然,发票已经静静地躺在柜台上了,不过,David 热情预告的只有经理可以开具的权威发票,竟然是一张计算机打印的普通纸片,纸上除了饭店的名字、地址、电话,其他都是手写的,除了经理的手写签名,上面没有任何公章、私章一类可以作为防伪标记的信息。

这样的发票谁都可以伪造,因为伪造它几乎不需要任何技术。英国人使用这种毫无防伪措施的"发票",不怕别人伪造吗?他们不怕,至少看起来,他们并不害怕。

为什么呢？在英国社会里生活，有一点让人感慨，我权且把它称作"信任优先"吧，我觉得这是英国社会生活的重要机制。什么叫"信任优先"呢？在没有证据表明你说的是假话，也没有证据表明你说的是真话的时候，社会选择相信你说的话是真。比如我在剑桥的时候，进出学院和大学的图书馆，我告诉管理员和门房，我说我是这里的访问学者，他们几乎无一例外地相信我说的话为真，并不要求我提供证明。这个原则和法律上的"无罪推定"很相似，只要没有什么证据表明你是假的，那么你就是真的。这是英语社会一个普遍的原则吧。我在新加坡的时候，也有这样的体会。南洋理工大学对教工免费开放的设备，比如体育设备，大多数情况下学生也可以用，但是，学生常常是要交费的，这个时候，谁是教工谁是学生，身份的区分就变得比较重要了。我是一个性格大大咧咧的人，常常忘记带教工卡，但是，我每次口头告诉管理员我是学校的教工，他们几乎无一例外地都相信了，都让我免费进场。

这个原则和汉语社会非常不一样。汉语社会采取的是"有罪推定"，你如果不能证明你是好人，那么你就是坏人。汉语社会里有"嫌犯"一词，什么意思呢？"尽管我们还没有证明你犯了罪，但是，只要你有犯罪嫌疑，就已经是'犯人'了（当然，近年也有学英语说法，称嫌犯为'嫌疑人'的，有点把嫌犯当'人'看的意思）。"泛化开去，也就不难理解中国人为什么会说"众人皆浊、唯我独清"了，那意思是，你们都没有证明你们是好人，所以，你们都是坏人。中国人为什么喜欢安装防盗窗、防盗门？中国城市居民，大多数住在一、二、三层楼的人家都装这种东西（把铁栅栏安装在窗户上，把家弄得跟监狱一样），我所在的一个中档小区，一户业主为了装防盗窗还和物业公司吵架，物业公司在周边围墙上安装了防盗报警器，可以说围墙和报警器加起来，已经有了一层保护措施了，住户没有什么必要再装防盗窗了，为什么这个住户还要装呢？因为他觉得，社会上所有的人都不可信任，他的邻居也不值得信任，除了他自己，他不信任任何人，他只能把自己囚禁在防盗栅栏里。中国人对别人采取的是"怀疑优先"，如果你不能证明你是诚实的，我首先要怀疑你是不诚实的。

英国社会不这样，他们的房子大多都是临街的，没有围墙，也没有红外线防盗设备，但是，他们都不装防盗窗，因为他们采取"信任优先"的原则，他们愿意相信别人，在没有怀疑别人的理由的时候，首先采取对别人信任的态度。

有人说，那可能是因为英国的社会治安好吧，他们那儿没有偷盗，所以，不用装防盗窗，我说，非也。我在国内搬过五处房子，每一处都没有装防盗门窗（我的邻居几乎都装了，在这些邻居中，我的房子是很突兀的），但是都没有出现被盗现象。我们的治安未必比英国坏，何以我们这里家家户户都装防盗门窗？是我们的"怀疑优先"在起作用，我们除了自己不信任任何人。其实，防盗门窗并不能降低盗窃案的发生率，它的结果是逼迫所有家庭都装防盗门窗。一家装了，就意味着周边没有装的人家更容易成为小偷的目标，他们也就非得装了。而家家都装的结果是，小偷必须提高偷窃技巧，适应防盗门窗，而这一点对于专业偷盗人士来说，并不是什么难事。

　　在英国的公路上开车,常常会碰到路边有一些无人看管的摊位,上面放着农家自产的水果、蜂蜜什么的,过路的汽车客可以自己动手拿,然后按照说明,把钱放在罐子里就可以了。英国社会,人与人之间的信任度非常高。

　　由此,我们会看到,"信任"必须是一个社会普遍接受的"体制"才行,如果一个社会以"怀疑"为优先原则,那就会弄得整个社会草木皆兵,人人自危,结果是所有的人都互相不信任。也因为这种不信任,社会成员之间就没有必要坚守诚信原则了,因为一个诚信的人和一个不诚信的人,他的社会处境是一样的:他们同样受怀疑,无论你是否诚实,你都要被首先看成是不诚实的。也就是说,诚实的人得不到正面的奖赏和肯定,相反他总是被当作不诚实的人而受怀疑。在一个充满怀疑的社会里,怀疑的空气占上风,不信任占主导,诚实就显得没有正面价值了:一个认为自己周边的人都是坏人需要事事提防的人,他有什么动力会成为一个好人呢?

　　英国社会的情况是反过来的,因为人人都享受被信任的好处,人人都很珍惜这份被信任,所以,信任进入了良性循环:信任让被信任的人更值得信任。

　　其实信任是一种相互传染的信念,关键看氛围。我在中国的时候,和朋友约会,一次,我大概要迟到二十分钟,我忘记带手机了,不能通知他,只能默默地往约见的地方赶,等我赶到那里,我的朋友已经离开了。我和他是朋友,我们之间应该有信任,可是,有些信任我们却在丧失,比如,一个朋友他一定会来的信念。我不是在责怪我那个朋友,他没有等我也不是他的错吧,相反我的迟到总是错误的,但是,如果我们超越这件事情,我们会想到在我们的人生中也的确丧失了很多东西,比如某种信任——我相信我的朋友他一定会坚守自己的诺言来和我碰头等。相比较而言,我到剑桥的第二天,要和一个月前约好的一位英国朋友见面,我们约在一天的上午十点,在三一学院对门的一家书店见面。那天下着小雨,我从 MILL 路步行去三一学院,沿途问路,耽搁了时间,我到的时候已经迟到半个小时了,但是,那位英国朋友还在那里等我,我当时是非常感动的,她其实可以不等我,因为她的办公室就在附近,我也知道她的办公室电话,但是,她就那样在雨地里等着,她似乎一点也没有担心我会失约。

她为什么会这样等下去呢?其实,她不是出于对我这一个人的信任,我和她并不熟悉,之前从没有见过面,只是在网上通信,她其实是怀着一种普遍的信任感在等我,在她的意识中,她是相信每一个和她约见的人,她相信他们一定会来,一定会守信,所以,她也要守信地在那里等下去。对于这样的朋友,我该怎样对待她呢?我希望做一个完全值得她那样信任的人,我也将无条件地信任她。

回到我们的话题上来,我想说什么呢?一个人与人之间互相信任的社会,要比一个人与人之间互相不信任的社会要健康得多,我希望我们也能生活在一个人与人之间"信任优先"的社会里。

花儿不管，也不问

/荞小麦

毕克很郁闷，非常郁闷。他觉得自己倒霉透了，生活在这样的环境。

毕克的父母都是普通工人。你知道的，这样的人，没地位，收入不高。尽管父母为了能让宝贝儿子有个独立的房间，用大半生的积蓄在瓦德尔街区买了套公寓。但，这让毕克更闹心。

瓦德尔街是条破旧的老街。他们的公寓，不仅是二手的，且楼下就是一条车来车往的三级公路。一天二十四小时，噪音和灰尘，让毕克憎恨不已。由于灰尘太大，毕克还患上了过敏性鼻炎，常常连续不断地打喷嚏。更让他无法忍受的是，楼上的居民素质低下，明明楼后小巷子里有垃圾房，可他们偏偏偷懒，总是把垃圾随手抛到楼房前五十米远的银行房顶平台上，任那一袋一袋垃圾，堆在离自家阳台不远的地方、发酵、发烂，散发出难闻的臭味。身处这样的环境，怎不令人烦恼、沮丧？

毕克每想到好友路奇住在环境优美、清幽的高级公寓里，就变得格外颓唐和消沉。

"唉，住在这样的破地方，我干什么都没劲没心情。烦、烦、烦啊！"毕克抱着脑袋痛苦地哀叹，有时，还冲着父母大叫大嚷。

父母有什么法子呢？他们只能对儿子说："我们已经尽力了。如今你也成年了，剩下来的日子要怎么过，过什么样的日子，全靠你自己了。嫌这里不好，你就必须努力。"

毕克清醒的时候，也明白这个理儿——必须靠自己的努力和奋斗，改变现状。何况自己还是个男孩，只有靠自己，必须靠自己。

然而，每当他待在家里，想看书、学习，好好做点什么时，汽车的喧嚣和飞扬的尘土，即刻就让他情绪变坏，心烦意乱，抱怨在这样恶劣的环境里，什么也做不了。

春寒料峭的周末，毕克做完功课之余，在家帮人翻译日文资料，一来加强自己的外语水平和能力，二来赚点外快。可汽车喇叭声搅扰得他不得安宁。他狂躁地在屋里转了几圈，想到阳台上吹吹风。虽然对面平台上的空气很污浊，但只能这样了。

毕克郁闷地拉开阳台窗户，紧皱着眉头。忽然，他眼睛一亮，心中剧烈地一动——

一团星星点点的粉嫩、娇红，像雨后的彩虹，又像雪地上的樱桃，牵引着他的心和眼线。那是什么？一小堆腐烂的垃圾还有枯草上，摇摆着一棵小树，七八根细细的枝条，随意伸展着。而正是向着自家窗户的那根枝条上，点缀着十几粒咧开嘴的花苞。只待春风一吹，煦阳一照，立马就会开花。

天啊，那是一棵小桃树！瘦小羸弱，定是楼上什么人，吃了桃，随手把核扔进了那堆垃圾中间。它竟然悄悄发芽、抽枝、长大。不过，肯定不是今年才长出来的，一定是在去年，前年，甚至大前年……

第二天早晨，桃花果然开满枝头，阳光下，迎风摇曳，灼灼其华，鲜艳夺目。

"嘿，一棵桃树长在肮脏的垃圾堆上，竟然还能开花。而且开的花儿，和所有桃花一样灿烂，娇艳，迷人。不，比别的桃花更迷人。因为它周边的糟糕环境，更加衬托出它的鲜艳和美丽。"毕克惊奇又兴奋，一边用手机拍了下来，一边对身旁观赏这"奇迹"的老爸感叹。

老爸意味深长地说："它既然是一棵桃树，为什么不开出好看的花儿呢？花儿不管，也不问自己是长在垃圾堆上，还是公园的花丛里，只要春天来了，它就知道自己应该开花。"

老爸的话，像一把神秘的剑，挑开了毕克心里、眼里的迷障，他豁然敞亮：是的，花儿不管，也不问。不论身处怎样的环境，只管努力开花，绽放美丽。那么，我呢？万物的灵长，竟然连一棵桃树都不如？

毕克不仅有了和春天一样美妙的好心情，更有了一种平静和坚韧。偶尔，心情烦躁的时候，只要看看手机里的这棵桃树，就像沐浴了一场甘霖，心怡又振奋。我有什么理由抱怨、放弃呢？加油！

错位

/蓝莓

他是电视台一名优秀通讯员。夏天的一个傍晚,他接到
电话,说一辆轿车从桥上"跳"进人工湖"冲凉"了。当他赶到
事发现场时,120 急救车"呜哇呜哇"地从他面前驶过。湖堤
上围观的人群,依旧不肯散去。一台大吊臂吊车,将一辆白
色轿车缓缓拎出水面。

他一边打开 DV,一边向旁边的人打听详情。得知车里
的人,全都被好心人救了上来,没什么大碍。这就好,这就
好。他嘀咕着,站到高处,将 DV 对着人群、吊车、湖面……

晚间本地电视新闻,播报了这条片子。但随后,播音员
说:那些救人不留名的"雷锋",值得我们敬佩和学习。然而,
现场围观群众和救援人员的财物,遭遇严重失窃,折射出我
们城市道德文明素质的缺失。

居然有人趁火打劫、浑水摸鱼? 真是太可耻了! 他有些

义愤填膺,摩拳擦掌,决定将这些个毛贼揪出来,将他们的面目、丑行公布于众。于是,一连几天,他猫在房间里,反复回放 DV 录像,仔细观察每一个细节,每一个人的举动、表情。

最终,他将目标锁定在三个"下里巴人"身上。他们无一例外打着赤膊,神情委顿,眼光迷离,泥鳅似的穿梭在人群里。其中一个还抱着婴儿,用来打掩护。他将三个疑似的贼,特写,放大,印成照片,揣进随身背包里,同时也复制进脑子里。

经过缜密推断,他认为这三人很可能是在现场附近干活的民工。于是,决定顺藤摸瓜。果然,没费多大周折,他在人工湖对面的一个小饭馆里逮到一张熟悉的脸:小眼睛,黑皮肤,蛤蟆嘴,一看就不是好鸟。他是小饭馆的老板。

他走进饭馆,要了一碗凉面,借故和老板搭讪,问这问那,突然话锋一转:"上星期,这边发生车祸,你晓得不?"

"晓得呀,我还去看了的。"

"我听说好多人丢了钱包、手机、衣服,你有没有丢?"

"大哥,我都不好意思说。那天出事的时候,我这儿里里外外二三十个客人在吃饭。最后,不但一个没结账,还顺手拿走了不少碗、碟、勺。"

他眼光咄咄:"那你就墙内损失墙外补?"

"啥嘛。我本来打算看一眼就回来,谁知道,车里头女人叫,娃娃哭,就赶快下水捞人吧。"

他愕然。但思忖片刻,觉得这些人满心满眼只有钱,连做带偷,满嘴谎话。于是,不动声色,拿出抱孩子男人的照片,问:认识不? 老板一看,说常在门口过。好像在前头工地上工。

他黑着脸，付账，出门。在一垛两米高的红砖墙上，他找到那人，开门见山："那天车祸你在现场不？"

"是啊。"

"丢东西没？"

他苦恼地说："我婆娘到现在还跟我干仗。那天，她给我二百块钱，让我带儿子去买辆婴儿车。后来，我给娃买了个旧车。余下的钱，买了洗澡盆、玩具、奶粉，还有一件汗衫穿在身上。回家的路上，有人掉湖里了，我就把娃和东西放岸边，脱下汗衫搭在车把上，下水救人。好家伙，上来后，我娃被人抱着，车和东西全不见了，只好打赤膊，抱起娃喽。"

他举起 DV 将他和他的话拍了下来。他顿了顿说："我现在只能多加班，到下月发工资，再给娃买车。我那个老乡更倒霉，脱下来的裤子、皮鞋，兜里的手机、现金，全让人抱走了。结果，穿个裤衩、光脚在大街上跑。不知道的，以为他偷了人家婆娘……"

他招招手，请他下来，拿出最后一张照片说："你说的是他不？"

"就是他。"

他问了他的小灵通号，将三个疑似的"贼"约到小饭馆，吩咐老板整几个菜，喝酒。"和俺们？"三个人脸上写满受宠若惊的疑虑。他点头，说："我得跟你们郑重地赔个不是。"

也许，我们对"下里巴人"抱有一种天然的误解、排斥与轻视，但往往他们的质朴、善良，默默地释放于瞬间，而不敢恣意张扬。所以，当我们城里人再遇见这样一群穿着邋遢、长相猥琐的民工时，千万不要有一种天生的优越感，以貌取人。千万不要以为我们是高素质的文明人，而对他们冷眼相视，甚至恶语相向了。因为，在突如其来的灾难面前，最舍生忘死，奋不顾身，不计回报，挺身而出的，是他们。

写给圣诞老人的信

/照日格图编译

敬爱的圣诞老人：

您好！

我叫伊娃诺·阿尼尤塔，今年 7 岁，在一所小学学习。我家里除了爷爷、奶奶、妈妈以外，还有一条可爱的狗。我正在给您写信。

我知道，我只要给您写信，您就会带我实现所有的愿望。只是我的愿望太多了，一时说不完。为了不让他们说我是自私的家伙，我先说说他们的愿望吧。

爷爷说，他最希望有一个白雪公主，我说您都有那么可爱的孙子了，还要白雪公主做什么？爷爷笑呵呵地说，给我买各种各样的衣服真是太麻烦了，如果他有两个女儿，就可以和妈妈轮换着给我买衣服。圣诞老人，您每天独来独往孤单吗？如果有多余的白雪公主就送给爷爷一个吧。另外，爷爷还说他车子的两个轮子都飞了,我知道他是在骗我,不用理他。车轮怎么会飞了呢?

奶奶说,圣诞老人只是孩子们的童话,可她还是把愿望告诉了我。她的第一个愿望很小,她说希望有一件毛绒马甲。奶奶曾无数次给爷爷说过她的这个愿望,爷爷始终没有帮她实现,这次只能把大事托付给您了。奶奶还希望她的养老金能再多一些,希望不会有女人给爷爷打电话。有那么多男人给奶奶打电话,爷爷从来不吃醋,奶奶就很喜欢吃醋。

我妈妈是个美丽、善良的女人。同伴们说,如果他们有这么好的妈妈今生就无憾了。只是奶奶总说妈妈不积极找工作,每天待在家里。我不知道,这是大人们的事情。据我所知,别的孩子都有父亲,我却没有,我只有爷爷。奶奶还说他很笨。如果可能,你也带个男人过来吧,如果能看上我妈妈,我愿意让他做我爸爸。妈妈说,我以前是有爸爸的,后来他去了远方,只是妈妈根本不告诉我,他到底去了哪里。

说说我家小狗的心愿吧,估计它想拥有一个崭新的睡毯。它长大了,原来的睡毯已经小了。不过看你的经济情况吧,妈妈说过要给它买。而且不会再有人送我们小狗了,我们或许不需要两个睡毯。

最后可以说说我自己了吧?我希望爷爷他们在圣诞树上挂满礼物,最好是书包或者糖果。我已经有两周没吃过糖果了。我知道糖果吃多了会有蛀牙,可我就是忍不住。如果你看到我家地址(已经写在信封上),一定要给我送一个弟弟。我一个人太无聊了。我还想要一辆自行车。他们给我买过一辆,让我给弄坏了,我从二楼直接骑下去,自行车基本上就报废了。爷爷都不想办法帮我修好,直接扔进了垃圾桶。

再见,圣诞老人!我热情地邀请您来我家。如果我的愿望能够实现,我也希望我的全家人都愉快。

另外,爷爷还希望工资被拖欠的人们都能领到薪水。

奶奶希望每家每户都有饭吃,孩子们都有书看,懂礼貌。

妈妈希望那些熟悉和陌生的人健康幸福、家庭和睦、事业顺心。

我的小狗希望天下的狗儿们永远都有吃不完的骨头和肉,希望小主人经常爱抚它们的头部。

我呢,希望小朋友们都能得到礼物,也希望他们的妈妈和我妈妈一样美丽、善良。

圣诞爷爷,我的字迹太难看了,请原谅。妈妈常说我写的字就像甲壳虫走过的足迹。可动画片里播放过那样的一段:甲壳虫的足迹可以用来阅读。

爱一天少一天

/卫宣利

他们认识时，彼此都已是大龄。是相亲，原本并不抱希望，却不想在那样的年龄，遇上了，心动了，相爱了，结婚了。

两个人守在一起，日子像流动的蜂蜜，有着黏稠的香甜。两个人拉着手去买菜，回来一起择菜洗菜，照着菜谱做，他放一点鸡精，她再加点糖，一盘菜，七荤八素的味道，两个人也吃得津津有味。她洗碗他跟着，出去买包盐他也跟着，上卫生间他也跟着，她佯装很烦的样子："干吗总跟着我？"他嬉皮笑脸地回："怕你跟别人跑了啊！"每天晚上总舍不得睡觉，无尽的缠绵，絮絮叨叨的说话，两个在人前那么寡言的人，遇到一起，竟絮叨得像老太太，没完没了。

也吵架，那么一次，为着一件事儿，两个人赌气，谁也不理谁。她正上班，他发来一条短信："我们用了30年才找到对方，爱一天少一天，你舍得把爱的时间拿来冷战吗？"她忽然就感到紧迫了，马上就回了一个灿烂的笑脸，原谅了他。

他去单位接她，去图书馆接她，去朋友家里接她。从不站在马路的对面等，总是绕到她所在的那一边，因为他怕她看不到他，会不顾车辆跑过来有危险。她不出差，不加班，下班就急匆匆回家；他不应酬，不外出，回家就老老实实帮她做家务。他们把所有的时间都用来相守相爱，他们舍不得不爱。

那一天，她又和他闹脾气，不理他，顶着卧室的门不让他进，他站在门外，求饶，道歉，说尽好话。她任性不理他。后来他说："我给你出道数学题吧。人的平均寿命是 72 岁，我们认识的时候已经 30 岁，再减去工作的时间，每天 8 小时；路上的时间，每天 1 小时；睡觉的时间，每天 6 小时；陪父母朋友的时间，每周 10 小时；培养孩子的时间，每天 4 小时；学习充电的时间，每天 2 小时；还有生病的时间，处理杂事的时间……你算算，我们还剩多少时间用来相爱呢？爱一天少一天，爱一时少一时，过了这一个小时，你想再补都来不及了……"她立刻就打开门扑进了他的怀里。

是的，爱一天少一天，人生短暂，生命原本就是一场倒计时的赛跑，两个相爱的人，守在一起的时间究竟有多长？如果真爱，你会觉得时间紧迫，你会舍不得吵架，舍不得一分钟的分离，舍不得不爱。

以自嘲的方式告别

/姜钦峰

在万众瞩目下，比尔·盖茨正式退休了。除美国总统外，恐怕还没有哪个人的离去，会吸引全球的目光。离开了微软，盖茨还是盖茨吗？他还能干些什么呢？这的确是个有趣的话题。

在微软正式上班的最后一天，盖茨开始为自己谋划退路，他分别拨通了几位好友的电话。

第一个电话，打给了 U2 乐队的主唱博诺。盖茨首先抱起吉他，对着话筒自我陶醉地演奏一番，然后满怀信心地问道："伙计，你以前听过这么棒的演奏吗？"博诺正坐在嘈杂的酒吧内，显然有些注意力不集中，漫不经心地答道："比尔，我们以前聊过这个的，我的乐队已经满员了。"

第二个电话，打给了民主党总统候选人希拉里："我想你正在考虑找个副总统候选人吧？"盖茨郑重其事。希拉里面带微笑,诚恳地告诉他:"不,比尔,我还没想要宣布竞选搭档呢,而且我觉得你不适合搞政治。"

连吃了两道闭门羹,盖茨大受打击,心有不甘,随即又鼓起勇气,拨通了希拉里的竞选对手奥巴马的电话:"嘿,我是比尔。"盖茨热情洋溢,想套近乎,哪知又是一盆冷水兜头而下,"是《星球大战》里的比尔吗?"他有些懊丧,慌忙解释:"不,是另一个。""比尔·克林顿?"不知奥巴马是真没听出来,还是故意装糊涂,盖茨大失所望。

想必您已看出来,盖茨又遭人恶搞了,不过始作俑者并非别人,正是盖茨本人。在他年初宣布即将退休后,请来朋友们客串,拍摄了这个短片,狠狠地涮了自己一把——既然什么都干不了,我只好改行去做慈善家了,花钱总不会太难吧。

从 17 岁开始白手起家,盖茨用了 30 多年的时间,缔造了庞大的微软帝国。据《福布斯》杂志统计,他的个人财富,已超过全世界最贫穷的 50% 人口的财富总和!这笔巨额的财富,在盖茨看来,却是同样巨大的义务,因此他决定捐出全部身家,并"要用最正确的方式去花这笔钱"。

功成身退,以盖茨的实力和名望,完全可以大发英雄帖,广邀国际名流,为自己举办一个盛大的退休仪式,从此金盆洗手,不问江湖事。当然,他还可以把自己塑造成神,让微软员工世代顶礼膜拜。出人意料,他选择了以自嘲的方式告别,既有调侃,也包含敬畏。

在美国有一块普通的墓碑,上面刻着这样一段墓志铭:"美国《独立宣言》起草人,弗吉尼亚宗教自由法令作者,弗吉尼亚大学创办人,托马斯·杰斐逊安葬于此。"一生只有一句话,旁人根本看不出来,这里躺着的是美国第三任总统!在杰斐逊看来,当过美国总统没什么大不了的,简直不值一提。

还真别拿自己太当回事,地球少了谁,不照样转动?有句话说,小人物是自己的大人物,大人物是自己的小人物,不无道理。把自己看得太重,心里就很难装下别人了。以自嘲的方式告别,看似有失体面,得到的却是举世景仰。

"大鲨鱼"的艺术细胞

/梁阁亭

　　2010 年 3 月底，一场名为"大小的确重要"的当代艺术展在纽约艺术馆隆重展出。本次展览由纽约艺术团体 Flag Art 基金会举办，旨在为非洲儿童募集教育资金。展览利用室内外空间陈列出多种类型的作品，如装置、雕塑、摄影和油画，给人印象深刻。展出现场，人潮涌动，人们对一件件充满震撼力和穿透力的当代艺术品赞不绝口，内心也同时思考着人活着的哲学意义和生命价值。和展览同样具有轰动效应的是，此次展出由奥尼尔担任策展人。没听错吧，那个在 NBA 叱咤球场的篮下霸王"大鲨鱼"沙奎尔·奥尼尔？没错，恭喜你答对了。鲜为人知的是，奥尼尔对艺术品有很高的鉴赏能力，本次展出的 66 件艺术品全是他从几千件作品中一件件反复比较遴选最后确定的。他不但注重艺术家的知名度，还注重作品和主题的匹配。在奥尼尔此次最终选中的艺术品中，既包括了如广告牌大小的圣母玛利亚像,也包括了艺术大师维拉德·维根给奥尼尔画的微型画像。在接受美国媒体采访时,2.16米高的奥尼尔轻轻地耸了耸肩膀,满脸微笑:"是的,我越界了,请你恭喜我!"

大块头有大智慧,这句话在奥尼尔身上绝对有极其突出的体现。尽管奥尼尔每天都要为篮球事业忙碌,但善于忙里偷闲的"大鲨鱼"已经出版了2本自传,推出了6张唱片,参演过10部电影,主演过真人秀节目,担任过后备警察,而且还攻读了"人类资源发展"的博士学位。如今又以策展人的身份筹划艺术品展览,奥尼尔的生活可以说是丰富多彩到了极致。

只要奥尼尔想玩的,还没有玩不好的。1993年10月27日,刚在联盟待了一个赛季的"鲨鱼"只有21岁,他推出了个人首张说唱专辑《大柴油机沙克》,该专辑一举打进美国专辑销售排行榜"Billboard 200"的前25名,并杀进美国R&B/Hip – Hop专辑的前10。1994年奥尼尔再度推出专辑《沙克风:回归》,很快在前两个排行榜上分别占据67名和19名位置,并达到了50万张的白金销量。之后,奥尼尔在1996年和1998年发行的《你不阻止我的统治》《尊重》都取得了巨大成功。2001年奥尼尔甚至应球迷和歌迷的强烈要求,推出了自己的精选集。对奥尼尔而言,和唱功比翼双飞的是他的演技。从1994年的《火爆教头》,到1996年的《特别效果》和《精灵也疯狂》,再到2006年的《惊声尖笑4》,奥尼尔出演了10多部电影作品,在电影胶片中留下了自己的高大身影和喜怒表情。

无论 NBA 全明星赛在哪座城市举行,奥尼尔这个庞然大物都是这项赛事的主角,而他的百变造型和搞笑怪招,更是"大鲨鱼"征服全球篮球迷的两大撒手锏。整个全明星周末,奥尼尔在休斯敦将能玩的花样都玩了一遍,而最后的全明星赛更成了他最好的表演舞台。"大家知道我有两种职业,一是说唱歌手,二是喜剧演员。"对此,奥尼尔这样解释。

此外,奥尼尔对中国功夫也是无比推崇,并一有时间就潜心练习。"世界上所有东西都是艺术。对我而言,真正的艺术就是芭蕾、Hip–Hop 和中国功夫。芭蕾非常优雅,Hip–Hop 非常酷,中国功夫呢,可以控制对方的手脚和内心。"说完后,他又是一阵哈哈大笑,像极了一个快乐的小孩子。

"什么都懂一些,生活更精彩一些。"电影《赤壁》里,诸葛亮摇摇芭蕉扇,轻轻地吐出这一句饱含哲理的话语。这句话套在"大鲨鱼"奥尼尔身上,两个字:绝配。

给不给爱一个台阶

/积雪草

她是在同学聚会上遇到他的。

小学到中学，他们一直是同学。那时候，他那么不起眼，瘦弱细小，一个弱不禁风的少年，像是一棵丢在角落里的草芥，没有人会把他当回事儿。想不到几年没见，他变得成熟儒雅，在一帮同学中唯有他最出色，像调色板上一滴不经意滴落的红色，醒目刺眼。

她盯着他看，忘记了淑女的风范。一直看得他手脚都没有地方放了，有些不好意思地问她："那个谁，我们是中学同学，你怎么不认识我了？"她嘴角向上牵了牵，轻轻地绽开一朵笑靥，说："怎么会呢？我一直记得你，那时候，你是我们班上最害羞的男生。有一些私人问题想请教你，待会儿散了，我们去喝茶。"大家起哄说："咱们同学中，只有你们俩还是单身，要好好谈谈啊！谈出结果，别忘了请我们大家吃糖喝酒。"

她的脸瞬间红了，笑骂："瞧瞧你们这些人，一点都不厚道，看把人家吓跑了。"她偷偷地看他，他并没有急赤白脸地反驳，她的心稍稍安了一点。

散场后，她带他去"半岛听涛"喝茶，环境很适宜两个人轻酌浅谈，很适宜推心置腹。多年过去，她早已知道怎样不动声色地去接近一个心仪的男人。她问了他几个医学方面浅显的问题，他逐一解答。其实司马昭之心路人皆知，她对他产生了好感，刻意给自己制造机会。喝完茶，他执意付款，又风度翩翩地送她回家。

直到目送他离开，她想，这么合适完美的男人，足以配得上她这么多年的等待了。

作为答谢，隔周她请他吃饭。没有想到，餐桌上，他的吃相简直令人不敢恭维，像多少年没有吃饭的样子，喝汤喝得很大的声音，令人联想起某种动物。排骨用手拿着啃，啃得满嘴都是油。吃鱼的时候，竟然被刺扎着了喉咙，大咳不止，眼泪都流出来了。

她忘记了喝下已经抵至唇边的清酒，呆呆地看着他，心中狐疑，就算时光再能改变一个人，也不可能把一个受过高等教育又喝过洋墨水的人，改造成这样鄙俗。心中再不敢置信，也抵不过眼睛看到的事实，她在心里安慰自己，男人是干大事业的，不拘小节也许不是什么大错。

他过生日的时候，她问他是否欢迎自己去为他庆祝生日。他当然是答应的。为此，她特地去了一家经营名品服饰的专卖店，买了名牌的时装，还化了精致的妆容。他是医学博士,他的同事朋友都是有识之士,她的衣饰品位总要与他相配,总要顾及他的面子。

谁知去了才知道,他的客人只有她一个。盛装而至的她被他那狗窝一样的家弄得不知所措,房间里乱得简直无处下脚,臭袜子东一只西一只,废报纸丢得茶几上地板上到处都是,厨房的洗碗盆里,一大堆没有洗的碗盘和杯子,桌子上没有倒掉的剩饭剩菜已经发出难闻的味道,洗手间里居然有女人用的香水和擦脸油。

她傻了,思维短路,饭没有吃,就落荒而逃。

她心里打了无数个结,但还挣扎着想再看看。樱花节,两个人去公园里看樱花,一只白色小狗,绕着医学博士的裤脚转来转去撒着欢儿,他呵斥了几声,小狗没有听懂,依旧和他疯闹玩耍,他居然抬起脚,虚晃了一下,吓得小狗惨叫一声,跑了。

她远远地看着,心中忽然生出恐惧。一个人再优秀,也不可以这样肆意妄为,生活不检点,又没有爱心,就算他有再大成就,就算他再玉树临风,也是不值得爱的。

一年后,她和一个追她多年的男人结婚了,居然也很幸福。几个相熟的女友说,其实你老公这样的人才衬你,踏实稳重。她想一想,也对。

有一次,夫妻两个人慕名去一家酒店吃西餐。坐在酒店的大堂里,透过落地玻璃窗,她忽然看到他。

他的臂弯里挽着一个女子,往酒店的方向走来。路边一个小女孩眼巴巴地盯着卡在树上的气球,他蹲下身,和女孩说了几句话,然后脱掉外套开始爬树。他笨拙的动作很滑稽,但她却笑不出来。

　　她的心有透不过气来的感觉,看着他和臂弯里的女子一起进了酒店,在大堂的另外一角坐定。她远远地注视着,只见他右手持刀,左手持叉,先用叉子把牛排按住,然后用刀切成小块,用叉子慢慢送入嘴内,动作娴熟优雅。喝汤的时候,用左手扶着盘沿,右手拿着汤匙,一勺一勺舀着喝,姿势标准,温文尔雅。

　　她忽然一下子明白了他当初的恶劣形象从何而来。他不爱她,又不忍心生硬地拒绝她,所以千方百计砌出一个个台阶,好让她安安稳稳踩着落地。

　　她回想到当初他各种自毁形象的做派,鼻子一酸,又忍不住发笑。等她挽着老公的手出门时,一脚落在台阶上。她想,就算不爱,有人肯为她砌出这么几级台阶,也是好的。

苍耳子一样纠结的青春

/李丹崖

苍耳子在我的家乡还有另一个令人毛骨悚然的名字：抢抱头。

迅捷、暴力、力度。仿佛一把就能把你的头揽在怀里，令人躲闪不及。

每每想起苍耳子，都会想起我的童年，那时候，我是个调皮的孩子，干过许多令女生们"发指"的事情。在女同学的书包里塞进一只豆虫之类的事情就不说了，还有令女生们更懊恼的事情，那就是恶作剧般地用苍耳子给女生们"毁容"。

夏天来的时候，苍耳子的"刺猬头"就冒出来，一颗颗鼓噪在苍耳棵上，展览着自己嚣张的芒刺，煞是吓人。我知道，平日里，割草的姐姐遇见苍耳子都是躲得远远的，因为，姐姐留着长发，一旦粘上苍耳子，头发就会被缠得一塌糊涂，最终剥离不开，只得把被苍耳子缠上的头发剪掉。要知道，剪去一个女孩子长久以来蓄起来的长发，无异于要她们的命，因为，头发也是女人容貌相当重要的一部分，头发上失了色，整个容貌也会大打折扣。

我真是个坏孩子，经常在上学的路上摘下一把苍耳子，用纸包裹起来，只待上课的时候，老师只要一转身做板书，我就掏出来一颗苍耳子，飞镖一样地扔在座位侧前方一个女孩的长发上，如是再三，直到被她发现。

她是哭着告诉老师的。我的下场在别人看来很残忍，不但要亲手把那些苍耳子从女孩的头发上摘下来，而且不能伤到女孩一丝一毫，外带着要在教室外的走廊上罚站半小时。

尽管这样，我仍会屡犯不顾，在同学们眼里，我的确是个屡教不改的孩子了，为此，课间十分钟的走廊上，女同学们见了我都是躲得远远的，因为，我见到她们的时候，总是抄着兜，小手在兜里不停地动着，她们是唯恐我突然掏出一颗苍耳子，扔在她们的头发上。

其实，她们这样做太低估我的智商了。我哪会朝每个女孩头上都扔苍耳子？我对我的苍耳子靶子还是有选择的，你就说坐在我侧前方的那个女生吧，她皮肤白白的，笑起来甜甜的，还露出两个小虎牙，我爱极了她的小虎牙，冒昧地近距离看她，简直是不可能的，所以，苍耳子帮了我的忙：我帮她从头发上摘苍耳子的时候，速度都是很慢，看得自然是相当清楚了，另外，我选择罚站的窗口恰巧又紧挨着她的桌子，又能从侧面看个够……

我太早熟了。那时候，我才上五年级，仔细想想，我一颗少年的心那一刻就开始如苍耳子一样萌动纠结了。那真是一种异样的感觉,是一种带着复杂心情的单纯,一种万般无奈下的残忍,同时,也给女同学们的心中留下了"不可磨灭"的印象。

日子如苍耳子一样在岁月的沙滩上碾过,留下一道道深刻的印痕,划在皮肤上,就成了皱纹,皱纹里透着痒,痒里裹挟着回忆和思念。

如今,距离那个我把苍耳子当飞镖的年份已经快三十年了,时间真快,前些日子回老家,我又遇见坐在我侧前方的那个女孩了,只不过她早已为人妻,为人母。她的虎牙也早已不翼而飞,听知情的几个男孩子说,是因为她的第一任男友不喜欢他的虎牙,她忍着剧痛到医院拔掉了,但是,最终也没有拴住那个男人的心。好愚蠢的女人!多没眼光的一个男人!

我这次遇见她的时候,她已经有一个九岁半的女儿了。女孩和少年的她一样,有两颗可爱的虎牙,我伸手去抚摸孩子的头发时,孩子乖乖地喊我"叔叔",我笑了,望着我同学说,看,孩子多乖,其实,我并不是任何时候手里都攥着苍耳子的,因为,苍耳子的刺总把人扎得痒痛⋯⋯

我们都笑了,这时候我望着眼前这个被自己用苍耳子吓怕了的女人,她烫了头,像一颗硕大的苍耳子顶在脖颈上,我猜想,她一定也对少年往事,还有那个制造恶作剧的少年充满了怀念⋯⋯

哈哈,坏男孩变成了花痴男!

我可是真正的艺术家

/梁阁亭

眼下，要是你没听说过 Lady Gaga 这个名字，那你就真OUT 了！稀奇古怪的装束，引人关注的言行，独特的时尚观念，让她看上去更像是一件艺术品，另外，她还有一副如同来自天籁的好嗓子。2010 年 2 月 1 日晚，在美国格莱美颁奖典礼上，她凭借惊艳全场的"妖姬"表演，获得了"最佳舞曲单曲"和"最佳舞曲专辑"两项大奖，成为本届格莱美的最大亮点和赢家，风头甚至盖过了一举夺下"最佳 R&B 女歌手"和"最佳流行女歌手"的音乐天后碧昂斯。

有意思的是，被媒体封为"雷人教母"的 Lady Gaga，在国内有个很形象的谐音名字"雷得嘎嘎"，她出位的时尚品位让她成为大众聚焦点。赵薇的蝴蝶结发型，孙悦的高肩外套、大黑墨镜，歌手大张伟的青蛙衣造型，孙燕姿演唱会的"黄金甲"，范冰冰的阿拉蕾眼镜造型……如今，Lady Gaga 的着装已经成为中国艺人的潮流指向标，代表着品位、魅力和自信。

其实，Gaga 上中学时，还是一个极不自信、内向的女孩，不爱说话，不懂沟通，学习不好。她有着一头又黑又亮的头发，而周围其他女孩都是金发，所有人都把她当成怪人，没人愿意和她交往。她没有朋友，一个人异常孤单，慢慢变得心理阴暗，选择了吸毒和酗酒，在人生的悬崖边不断危险地下坠。人生的道路虽然漫长，但关键处只有几步。她的幸运就在于关键的这一步遇见了一位好老师。这位名叫皮尔斯的老师找到自甘堕落的她，正色告诉她："我知道你喜爱音乐，我相信你是一个有前途的女孩，只要努力，你可以创造属于自己的传奇，成为别人争相效仿的榜样。"

信任是一种有生命的力量，Gaga 的内心开始种下一颗种子，梦想的种子，她渴望知道奋斗过后，自己生命中究竟会有什么样的神奇发生。从此，她变得积极乐观、自信向上，一边努力学习功课，一边在音乐梦想的道路上不断前进。

17 岁时，Gaga 以极其优异的成绩被著名的纽约大学艺术系提前录取，接受了正统的大学教育。20 岁时，她的音乐才能被唱片公司相中，签约为"小甜甜"布兰妮等艺人写歌，同时，她也为自己的专辑默默做着准备。2008 年，《THE FAME》横空出世，Gaga 一举成为流行天后。这张个人专辑，她不但包办全部词曲，就连所有的音乐配器也几乎都是她自己演奏录制的。"进入演艺圈，我的目标是要以一种有趣的方式，为这个世界带来全新的流行音乐。我要用很酷的流行歌来拉近听众的内心感情。"她这样评价自己的歌。

英国《泰晤士报》评价说："Lady Gaga 将音乐、艺术、时尚和科技融合,让人想起了当年如日中天的麦当娜。"甚至麦当娜本人也表示,在 Gaga 身上看见了自己的影子。"我们确实有很多共同点。我们都是意大利裔美国女人,我们最初都是从地下场所出道,最重要的是,我们都无所畏惧。"对于赞誉,Gaga 直言不讳地说出心里话。

在这个娱乐至上的时代,Lady Gaga 千奇百怪的造型,无疑为这个世界提供了最丰富的素材。在接受德国电视台采访时,Lady Gaga 穿了一身全是小玩具青蛙的古怪衣服;在英国表演时,又穿出了一件全是泡泡的透明连衣裙,令人惊艳;而 Lady Gaga 特色的高肩装,更是成为时尚先锋品牌 LV 最新一季的设计理念。

雷人还有另一个潜台词:创意。"我不是时尚品牌的堆砌品,我创造时尚!人们都说 Lady Gaga 是个谎言,没错,我是个谎言,可我每天都在努力将这个谎言变为真实,我的假睫毛,我的唇膏,我的假发,都是谎言,可最终,它们都成为真实。"Gaga 一脸自信灿烂的微笑。说这话的时候,全球闻名的杜莎蜡像馆正在灌制她的体模,女明星们也用实际行动表达对她的崇拜和嫉妒。

除了音乐,除了时尚,Gaga 还是一个非常孝顺的女儿。父亲做心脏手术前后,Gaga 推掉了所有事务,在医院整整陪了父亲一个月,跑前跑后,递药端水,聊天宽慰。那段时间,她的心中只有父亲。在她看来,演艺事业可以重新开始,而父亲却永远只有一个。

爱在光年外

/积雪草

1

我和苏小娅是两种完全不同类型的人,她灵动、柔美,留着短短的头发,抱着书本在校园里穿过,不和人打招呼,不和班里的女生打成一片,不参加学生会组织的活动,我行我素,是一个极有性格的女生。而我就不同了,平常抱着书本,犹喜唐诗宋词,人送雅号"老夫子"。可是这样的小娅却偏偏和我有着异乎寻常的友谊,有时我也想不明白这是为什么。

十年。从七岁一直到十七岁。大人们开玩笑说我们是青梅竹马,我倒是不介意,也不往心里去,小娅听了就皱起眉头纠正道,什么青梅竹马?庸俗,我们是"哥们儿"。我听了笑嘻嘻地刮她鼻子,叫一声"弟弟",她满不在乎地答应着,然后开怀大笑,露出一排细密的贝齿。

每天早晨,我们相约在街角的一棵硕大的银杏树下碰头,风雨无阻,然后骑着单车一起去学校,这个习惯保持了很多年。

小娅不经意间渐渐地长大,有着一双修长的腿,不用下单车,一只脚支在地上,在树下等我。那棵银杏树伴随着我们成长,见证了我们成长,枝枝杈杈舒展地伸向天空,金黄色的银杏叶落了一地,像一只只小扇子,我喜欢这样的季节。小娅立在风中,银杏叶在她身边起舞,像一幅美丽的油画。看见我过来了,便会笑着冲我摆手,我远远地看见,心中便会被温暖踏实的感觉充盈着。如果哪一天没有见到她,心中便会像丢了东西一样若有所失。

我把这种感觉告诉小娅,她只是笑笑,并不说什么。

2

坐在我前排的男生路远,是个英俊的家伙,喜欢穿阿迪达斯的运动鞋、牛仔裤,运动场上常常能看见他矫健的身影,是班里女生的目光焦点所在,可是他却一点不为所动,我有些想不明白。有女生和他说笑,他便骄傲地从她们身边经过,不理不睬。私下里,我跟小娅说,路远最爱扮酷了,是为了吸引女生的视线。

小娅不屑地说,不成熟。

我听了,在小娅的身后吐舌头,不敢吱声,怕她连我一起损。

有一天放学后,路远非要拉我去"必胜客"吃比萨,我犹豫了一下,平常在班里并不是走得很近,何故请我吃饭?该不会是鸿门宴吧？

路远似乎看出了我的心思，说，没什么事，只是想和你聊聊，请教一下柳永的《雨霖铃》那首词。我一听要解宋词，便来电，跟他径直前往。

从"必胜客"出来，路远不紧不慢地说，老师说《雨霖铃》这首词是写友谊的，你感觉呢？我想了想说，既然老师说是，我想应该是吧！作者写了一种依依惜别的离愁。

路远笑了，你真是个老夫子，在我看来应该是写给情人的，比如那句：执手相看泪眼，竟无语凝咽。那种意境只有情人之间才会有的。

我惊讶道，你找我来就是为了讨论这个？

路远红了脸说，不是。我喜欢上你的"哥们儿"苏小娅，你能不能帮我问问？路远的坦白，让我一时不知说什么好，心中老大的不舒服，却说不清楚是为什么。路远盯着我，紧张得直搓手。

其实路远和小娅在性格上、外表上都是蛮相配的，小娅孤芳自赏，路远骄傲。

嗨！俗语说得好，拿了人家的手短，吃了人家的嘴软，既然吃了人家的"必胜客"，就得为人家去做说客，心中纵有不甘和悲凉，但还是拍了胸脯说，这事包在我身上了，我去跟小娅说。

路远感动得一塌糊涂。

3

回到家里，就有些后悔了，不知道该怎样跟小娅说。小娅如果知道了我替人家保媒，该不会赏我嘴巴子吧？想想有些怕。

星期天没有课，跟妈妈说去同学家里借一本参考资料，妈妈说早去早回，我答应着，一溜烟地跑到街上，掏出电话磁卡，在街上的公用电话亭给小娅打电话，约她在"上岛"咖啡屋见面。小娅答应了，我才松了一口气。放下电话，手心里竟微微地出汗。不就是给小娅打个电话吗，至于这么紧张吗？我摇摇头笑了。

一个人先去"上岛"，找了一个临窗的位子坐下，这个地方真好，要上一杯咖啡，可以坐上一个下午。算起来和小娅还从来没有如此正式地约会过，今天竟然为了路远，约会小娅。胡思乱想着，一双女孩子秀美的脚映入我的眼帘，抬起头一点一点地看上去，竟然是小娅，今天她穿了裙子而来，嘴唇上依稀涂了淡淡的唇彩。我定定地看着她，真真是女大十八变，小娅不再是当年的那个黄毛丫头了，已经有男生追她了。

看什么啊？不认识我了？小娅嘟着嘴问道。

我不好意思地挠头，说有件事儿要跟你说。

她说什么事在路上在班里不能说，巴巴地跑到这里？

我嗯嗯啊啊地好一阵子，才费力地告诉她：路远喜欢你，问你愿不愿意做他的女朋友。说完不敢抬头看她。

正等着小娅生气、掉眼泪，抑或赏我个嘴巴子什么的，没想到小娅却笑了，她说，想不到你是为人家做说客的。就这事啊，你告诉他我愿意。这么帅的男生我能不愿意吗？你说呢？告诉他明天放学后，我在取单车的车棚里等他。

始料不及,苏小娅这么痛快地答应了,我心中酸涩,都说女人贪慕虚荣,果真不假,路远不就比我个子高一点,人长得帅一点吗?

小娅不能明了我心中的想法,问我,还有事吗?没事我就走了。

隔着窗玻璃,我看着她的身影湮没在一大堆人之中,消失到没有踪影,才回过神来,默默地坐在那里一个下午,心中是明灭不清的忧伤夹杂着一丝说不清楚的感觉。经年之后,想起那个下午,恍若隔世。

事实上,路远在那个车棚中,从放学等到天黑都没有见到小娅。他哭丧着脸跑来问我,是不是搞错了。我的心中不可抑制地快乐起来,但马上觉得自己特小人,抿紧嘴唇说,不会搞错,小娅亲口跟我说的,不会有错。路远不相信,从此对我有了成见,看见我爱搭不理的。

4

转眼临近高考,教室中的气氛紧张起来,爱玩的不玩了,爱闹的不闹了,大家都在全力以赴,唯有小娅例外,她约我去滑旱冰。

我不会滑旱冰,穿着冰鞋,扶着栏杆站在场外,像一只呆鹅。小娅却身轻如燕,在场中起舞,吸引了很多人的目光。

小娅过来拉我进场,可是一进场,我就摔倒了,小娅拉我起来,手把手地带我。可是不争气的我,站起来又摔倒了,一遍一遍,小娅气得哭了。她一屁股坐在我的旁边,手指插进她的短发中,肩膀一耸一耸的,我第一次看到她哭,吓坏了,忙问小娅:是不是我让你生气了?她慢慢地抬起头,睫毛上挂着晶莹的泪珠,目不转睛地看着我,她从不曾如此地看我,看得我心惊肉跳。良久,她说:家里已经为我安排好了,一毕业就去德国留学,签证都下来了。

傻丫头,这是好事啊,别哭了。我伸出手,轻轻地擦去她脸上的泪。在我的心里,不希望她走,但说出来的话却很虚伪。一种绝望的气息在我心中蔓延,可是很多事,我们是无力改变的,比如我,毕业后,我会放弃一心所向往的北大,而是选择郑州一所军校,第一志愿、第二志愿、第三志愿,全部都是军校,除此之外,别无选择,我出生在一个军人世家,选择军校,是我必然的人生道路。

那天,往回走的时候,我们都不说话,一路上,小娅沉默着,我逗她笑,她也不笑,沉默地上了公交车。陌生人的脸在我们身边交替,轻轻的风在我们身边穿过。从此后,这张熟悉的脸,将不再在我身边出现,心口被不可抑制的酸痛涨满。

小娅临走的时候,把那只天天陪着她的瓷质大脸猫送给了我。

5

两年之后的暑假,我回高中读书时的学校看望旧日的老师,刚好路远也在,这个英俊的家伙考上了北大,让我艳羡不已,他给我讲北大的趣事,我听得津津有味。后来不知怎么就说起小娅,说起当年追小娅时,被她整得哭笑不得的那些往事,我大笑不已,小娅是一只小蜜蜂,班里男生没有敢打她主意的,偏偏你往上撞,那不是自己送到枪口上了吗?路远叹气道,听说蜜蜂蜇了人便会失去性命,不知道是不是真的,可惜小娅还那么年轻。

我怀疑自己听错了,我说,路远,你刚才说什么? 什么年轻不年轻的?

路远疑惑地看着我,怎么,你不知道?

我的心被一种不祥的预感紧紧地攫住,手颤抖得不能自已。我跟一个年轻的男老师要了一根烟,点燃之后,深深地吸了一口,我被呛得立即咳嗽起来,不能停止,我是不吸烟的,只不过是想稳定一下情绪。

路远说,毕业那年,小娅去德国之前,和父母去云南旅行,在盘山路上,面包车掉到悬崖下面,车上八个人无一幸免,包括小娅的父母。送到医院没有多久,小娅就去世了。她临终之前告诉大家尽量不要告诉你。班里的老师和同学全都知道,我以为过了两年,我以为你知道了……路远的声音越来越小,到后来,我已经不知道他在说些什么。

我茫然地上了那年和小娅一起去旱冰场回来时坐过的那趟公交车,身边依稀还是小娅那挂满泪痕的脸。我回头,身边是一张张陌生的脸,风在身边穿行,却哪里有小娅的影子。

我去看街角的那棵银杏树,依旧茂盛翠绿,浓密的叶子间结满了小小的果实。树下再也没有骑着单车的苏小娅。

我回到家里,抱着小娅当年送给我的那只瓷猫,仍然清晰地感觉到瓷猫上留有小娅的指纹。忽然觉得好像是小娅在门外喊我,急急地推门而去,不小心把瓷猫掉到了地上,"啪"的一声脆响,一地的碎片,我清醒过来,蹲下身,去捡那些碎片,扎了手,有血从手指上流出来,滴到那些碎片上,宛如一朵朵盛开的花朵,艳丽,夺目,我却并不觉得疼。忽然看到一张小纸条,上面写了几个字,是小娅清秀的笔迹:我喜欢你,毕业后我就回来。落款是苏小娅。

我呆住了,手指不能动弹,大脑不能思想,小娅停留在两年前我的世界中。

原来那只瓷猫的底下有个孔,这张纸条就塞在那个孔中,粗心的我并没有发现。隐忍的眼泪流下来,打湿了手中的那张纸。

心心念念,原来爱已在光年外。

失而复得的美好

/朱成玉

　　小区里新开了一家羊汤馆,做出的菜味道不错,我常常光顾。

　　店主人是一个因为丑被丈夫抛弃的女人。一个离婚女人,总要给自己找一份养家糊口的活计,凭借着自己有些厨艺,她选择开这样一个小店。为了节约开支,小饭馆里里外外只有她一个人在忙活。她又当师傅又当跑堂的,忙得不亦乐乎。我们都劝她雇个服务员,免得自己如此辛苦。她说自己还忙得过来,省下一个服务员的钱够孩子的学费了。我们就都笑她"财迷"。

　　的确如此,在钱上她真的是斤斤计较的人。她可以把菜价压得很低,但结账的时候却从来不抹零,哪怕是几毛钱的零头。她在柜台里备了很多零钱,所以从来不用担心找不开钱。刚开始的时候,我们这些顾客为她这个吝啬的行为有些不满,时间长了,也都知道了她的脾气,便不再与她计较。即便如此,因为她做出的羊汤味道好,客人们还是接连不断地来,她的生意也一直都比别人家略好。

去的次数多了,彼此熟络了,所以需要什么,我就自己动手,比如啤酒。我只管去冰柜里拿,喝了多少,最后给她报个数就行了。那天,我一共喝了三瓶啤酒,喝过的啤酒瓶子被我随手放到地上,混到那一堆酒瓶子中去。算账的时候,我说自己喝了两瓶啤酒,她竟然相信了。我在心底窃喜,并暗暗嘲笑她:你不是精明吗?这么简单的伎俩都看不出来。以后每次去吃饭的时候,我都如法炮制,常常能赚来一瓶免费的啤酒喝。我并不为此内疚,我觉得对待如此一毛不拔的铁公鸡,最好的办法就是"以毒攻毒"。

一瓶啤酒两块钱,我为这两块钱丢失了灵魂。

一日,我照例要了一碗羊汤,一个小菜,坐在角落里自斟自饮。邻桌有一对中年夫妻,也算老主顾了,我经常能见到他们来这里吃饭,彼此也算熟悉了,每次来都互相点一下头,却没怎么说过话。那天的他们看上去似乎有些反常,不再主动与女老板唠嗑,面色沉重,似有难言之隐。女老板为他们端来炒面的时候,也窥出了他们的不正常,顺口开了一句玩笑:今儿个这是咋的了,两口子都耷拉着脑袋,半死不活的。没想到她不问还好,她这一问,那女人竟然控制不住,哇的一声哭了出来。原来,他们刚刚知道的消息,女人的老父亲得了重病,需要一大笔手术费。他们已经跑了很多亲戚朋友家,该借的都借了,可是还差许多。

女老板不停地安慰着他们,令我意想不到的是,她竟然毫不犹豫地从柜台的抽屉里数了一千块钱出来递给他们。

"大家谁都有个难处,这个你们先拿去用吧。解解燃眉之急。"她爽快地说。

没想到她是如此热心肠的人。其实他们和女老板并不是很熟,他们也只是偶尔来这里吃个饭,和女老板有一句没一句地聊过些家常而已。对这样的"陌生人",咨啬的女老板竟然会如此慷慨相助!

"那个抛弃她的男人真是有眼无珠。"我在心底对自己说。那天,五大三粗的女老板看上去却是那样可爱迷人。

我想到自己那些贪小便宜的龌龊行为,脸上不禁发起烧来。

这次我还是喝了三瓶,依旧把空瓶子混到那一堆瓶子中间,但在结账的时候,我却说自己喝了四瓶。我只想把那因为两块钱丢失的灵魂找回来。

"每次都是两瓶,今天怎么喝那么多?是不是有什么高兴事啊?"女老板热情又好奇地问。

"嗯,今天高兴,前两天丢的包找到了。"我随口编了个谎。

"那真得恭喜你啦!包里的东西一定都很值钱吧?"女老板果真是个"财迷",三句话不离钱。

"是啊,都是很珍贵的东西。"我应道,"真是万幸,它们失而复得!"

仅是一朵花开的时间

/一路开花

1. 不可说的秘密

我没有告诉任何人。其实,第一次帮石一鸣传纸条给莫小璐时,我就喜欢上了莫小璐。

石一鸣是我的好兄弟。我们的衣服是同一种颜色,同一个牌子,我们的发型出自同一位理发师,我们的口头禅几乎一致。最要命的是,我们喜欢的女孩儿几乎是同一类型。当然,这一点,石一鸣不可能知道。

嗨,帮忙,快点传给莫小璐! 石一鸣在背后用钢笔使劲儿地戳我的后背。我捏着他写给莫小璐的纸条说,哥们儿,你这纸条里有错别字,到底改不改啊?

石一鸣知道我的语文水平在年级名列前茅,于是,豪迈地拍拍我的肩膀说,这点小事不会还要大哥我操心吧? 你改就是了！快点啊，都快下课了，你赶紧传给莫小璐。

我把纸条捏在手里，装腔作势地用碳素笔污掉几个字，重新写上，对折平整，用手指戳了戳莫小璐的后背。

莫小璐每次都是一种极度哀怨的眼神。我不想因为帮石一鸣传纸条而导致她讨厌我，但我也不想因此失去石一鸣这个好兄弟，只好再次硬着头皮，戳了戳莫小璐的后背。

莫小璐懒洋洋地转过头来，瞅了我一眼，接过纸条便接着做习题去了。石一鸣在后面小声地催促着问，嘿，兄弟，她回纸条了没有？我说没有，没有，你不看着呢吗？他说，谁知道你小子会不会藏起来呢！

每每听到石一鸣说这样的话，我心里总会升腾起一缕愧疚的青烟。因为，很多时候我帮他更改的纸条上并没有错别字，只是单纯地想要拖延时间。这样，同等时间的情况下，我就可以少给莫小璐传几次纸条，那么，她因此事迁怒于我的几率也会大大降低。更或者，我是想要莫小璐知道，这张纸条的功劳，有我一份。

2. 温而暖的受伤

凉风徐徐的马路上，我坐在石一鸣的自行车后座上，听他迎风大叫，哈哈，兄弟，莫小璐答应周末和我一起看电影了。

我不作声。他以为我没听到，重复了好几遍。我暗自有些莫名的懊恼，不知为何。

石一鸣把自行车摆放妥当后，呼哧呼哧地上前追我，咬牙切齿地说，你小子今天是不是吃错药了？走那么快想干什么？搞独立啊？我在后面叫你半天你没听到吗？

一连串的问题让我有些窘迫。正在这时，莫小璐从后面轻拍了拍我的肩膀，嘿，李兴海，周末一起看电影好吗？石一鸣瞪大了眼睛看着我，我恍然有些不知所措。

莫小璐一面晃悠着手中的那串钥匙，一面小跑着强调，说定了啊，到时候你和石一鸣一起过来。暖光中，莫小璐的微笑与头发一起随风飞舞，夹杂着钥匙碰撞的金属声，渐渐在绿荫小道中消逝。那旖旎柔和的画面，像一朵素雅的马蹄莲在心间哗啦啦地绽落。

石一鸣把住我的肩膀一本正经地问，你小子老实说，你和莫小璐之间有什么不可告人的秘密？要不，她怎么主动约你看电影？你说，你对得起哥不？

我摆脱他的掌控，慌张地奔进教室。他在我身后一路狂追，嚷嚷地骂我是锄头小分队的队长，挖了他的墙脚。

教室里，莫小璐安静地坐在那儿。午后的阳光如柳条一般细细斜斜地遮盖了她的全身。她站在窗边，冲着刚进来的我莞尔一笑，顿时，我不由自主地停住了脚步。

石一鸣从后面飞奔而来，抬起手掌，朝着我的后背便是奋力一推。若是往日，我一定会大步向前，跨上讲台，以缓解这个冲力。可今日，不知怎的，我却双脚生根，死死地僵在原地了。砰的一声，莫小璐惊叫起来。

鲜红的鼻血顺着我的嘴唇和柔软的胡楂缓缓而下，暖洋洋地，像流动的温泉。石一鸣傻了眼，一个劲跟我说对不起。莫小璐打开书桌，将一卷洁白的卫生纸攥在手里，小心翼翼地撕扯成段，慢慢地递交给我。

我多希望,我的鼻血就这么细细地、无伤大雅地流下去,那么,莫小璐便会一直一直地帮我撕扯着这卷清香洁净的卫生纸。可惜,不到片刻,我的鼻血便渐渐凝结成块止住了。

那个午后,我舍不得将鼻孔里那点唯一的卫生纸扯出来,就这么傻傻地任凭它堵在那儿,一言不发地坐在莫小璐后面,用嘴巴重重地呼吸。

偶尔老师会问,李兴海,你怎么了?干吗用卫生纸塞住鼻孔?这时,莫小璐就会以班长身份大声地回答,老师,他流鼻血了。完毕,回过头来,嘿嘿地冲着我笑。我坐在后面,呼吸更加沉了。

3. 三个人的电影

周末的电影院里,石一鸣忧伤沉默地举着爆米花。我似乎隐隐约约地觉察到,我与莫小璐的微妙摩擦,给他带来了莫大的伤害。

黑暗中,我佯装起身上厕所,在回来时将石一鸣赶了过去。这样,他与莫小璐便可相邻而坐。不到片刻,两人聊得前仰后合。

我不知是石一鸣故意要冷落我,还是他不得不腾出更多的时间陪莫小璐一起上学放学,反正,后来我与他再没一起走过。他那辆拥有宽敞后座的自行车,也常常会空空如也地从我身边经过。

我想,我与石一鸣的友谊只能这样在时光中逐渐淡然而去了。至于莫小璐,我又有什么理由去接近?就当我从来没有介入过他们。

石一鸣的纸条依旧传得勤快，只是，再不通过我这儿。即便莫小璐就在我的前面，他也宁可递给另外一组的同学，绕上大半圈。每每看到一团用作业本揉成的纸条掉落在莫小璐的课桌上，我的心就会幽幽地疼。曾几何时，那些纸条都是由我传递过去的。如今，却是换了新人。

毕业前夕，有人说，见石一鸣和莫小璐牵手了。我坐在夏日的窗下，暗暗有种流泪的冲动。我想，我是喜欢莫小璐的，可我更在乎那段与石一鸣保持了三年的友谊。直到看见他骑着后座空空如也的自行车从我身旁一晃而过，我仍坚信，能与他保持天荒地老的友谊。只是，他不曾看见我。或者，正在赌气。

4. 一朵花的花期

毕业晚会上，我鼓足勇气，唱了一首周华健的《朋友》，点名送给石一鸣。他在台下，悠然地吐着烟圈。有些晶亮的东西在他的眼角浮动。唱着唱着，我有些哽咽，那么多熟悉的面孔，将要告别。

石一鸣从人群中走出来，上前抱着我的肩膀说，依旧是朋友。这句平白无奇的话，竟让我瞬间大哭起来。莫小璐站在不远处，怔怔地看着我们。直到最后别离，我都没有和莫小璐打声招呼，更没有告诉过任何人，我是那么那么地喜欢她。

石一鸣落榜，莫小璐北上，我南下。就这样，天南地北的距离，终于将我们的曾经撕扯得面目全非。就像那个午后莫小璐为我小心翼翼、温柔细致地撕扯着那卷卫生纸一样，让人想起来就心生寒意。

网上联系旧友，无意中听闻石一鸣和莫小璐分手的消息，惋惜中又有些不甘。深夜不眠，恍惚地想，倘若当初，我不给石一鸣让出那个千载难逢的机会，不去故意冷落莫小璐，那么，我会不会与她有一段刻骨铭心的恋情，并保持至今？

没过多久，我恋爱了。女友迎风飘逸的长发，哗啦啦甩钥匙的姿态像极了莫小璐。我暗自思索，倘若有生之年，我能再碰到莫小璐，那么，不管她身旁是谁，即便是石一鸣，我也一定会上前抓住她的双手，轻轻地告诉她，呵，我曾是多么多么喜欢你啊！

这样的机会，等了足足一年。后来，我临近毕业，将女友带回家中。在市中心的一家商场里，我恍惚看到了莫小璐的影子。她穿着内白外黑的花边工作服，妖娆地站在柜台里推销化妆品，涂着嫣红与淡绿的眼影。

我怔怔地站在电梯口，遥望着一脸堆笑的莫小璐。我多想上前去，轻轻地告诉她那个压抑在我心中多时的秘密。可是，终究没有勇气挣脱女友的双手。

穿过人群的时候，我重重地呼出一口气，像被纸巾塞住鼻孔一般。回头再望那个真实的莫小璐时，竟恍然没了想象中的怦然心动。

原来，暗恋就像一朵最为幽僻的马蹄莲，虽生于无人知晓的角落，但一样有着不可更改的花期。它再柔暖的绽放与再无意的凋零，都仅仅只能是一朵花开的时间。

第二辑
做好你人生的这道选择题

着迷于倾听这样的心跳

/李丹崖

　　在纽约市中心的一条主干道上，有这样一个报刊亭。报
刊亭里摆放着各种国内知名的报纸和杂志。早上，附近的上
班族都喜欢从这里买一份晨报，到了傍晚，许多出来散步购
物的行人也喜欢从这里买张晚报，然后，悠然自得地在街旁
的长椅上摊开来看。

　　这里要说明的是，报刊亭的老板是一个年过花甲的盲
人。也许你要大呼质疑：盲人也能卖报？别人若是骗他该怎
么办？

　　事实证明，这些疑问完全是多余的。

　　据报刊亭附近的街道监控拍下来的录像显示，所有光顾
过这家报刊亭的顾客，没有一个"耍赖皮"的，都无一例外地
按照报刊的定价把钱交给盲人老板，甚至还有一部分人，付
钱买了报纸并不带走，而是在报刊亭附近的长椅上迅速浏

览,浏览完毕,他们会规规矩矩地把报纸放回原来的位置。

也许你会大大惊叹于美国人的诚信。是的,没错,但这只是其中一个原因。

另一个原因是,盲人老板在自己的报摊货架中央安放了一个红木做的盒子,盒子呈"心"形,盒盖上写下了这样一句话:报刊愉悦您的眼睛,我只想听听来自您心灵的声音。

因此,附近的监控录像显示,所有第一次光顾这个报刊亭的人,都会恭恭敬敬地付上报刊钱;所有到过这个报刊亭的人,如果再次光顾,快到报刊亭的时候,都会整一整自己的衣衫或领带,然后昂首挺胸地走进去,然后,取下报刊,付了钱,再虔诚地走出来,像是走进一间朝圣的圣殿。

心理学家分析,他们不是在整理自己的着装,而是在整理自己的心灵;不是给盲人看,而是给自己的内心检阅。

所有到过这个报刊亭的人都说,盲人老板的脸上始终洋溢着同一种微笑,那笑容中透着真诚和信任,像极了一个天使。许多人还这样说,那个报刊亭不是一间普通的报亭,而是一座"教堂"!

对于这些,还是让我们听听盲人老板是怎么说的吧——

盲人说,能听得见每一个路过的读者怦然的心,他们的心跳是那样真诚,那样善良,像极了产房里婴儿的一颗初心,我着迷于倾听这样的心跳……

把自己培育成一粒红绿豆

/崔修建

　　有魅力的,吸引眼球的,往往是特色鲜明的"那一个",而不是几乎完全雷同的"那一些"。

　　四个农业专科学校毕业的大学生,接连赶了几个人才市场,都没有找到一份合适的工作。那天,再次遭遇挫折的他们,垂头丧气地走进一家小酒店,一边喝着啤酒,一边宣泄着满腹的牢骚,直后悔自己当初进错了校门,选错了专业。

　　这时,一位穿着一身名牌、神态悠然的年轻人,走到他们面前,微笑着问他们:"你们觉得自己很有才华,是吗?"

　　"那当然了,最起码我们是专科毕业的大学生。"一个学生毫不含糊地回答。

　　"大学生遍地都是,谁有才华不是靠嘴上说的,得靠行动来证明。"年轻人拉过一个凳子坐下来。

　　"可那些用人单位连让我们证明的机会都不给呀!"一个

学生抱怨道。

"那是你们还不够优秀，还不够出类拔萃，还没达到让人家一眼就看出水平的程度。"年轻人说着，随手打开自己携带的黑兜，抓出一把饱满的绿豆，放到一个空杯子里，让他们每人从中挑选一粒。

他们满脸疑惑地各自挑了一粒绿豆，拿在手里。这时，年轻人微笑着让他们再仔细看看手里选中的绿豆，记住它的特征。然后，又让他们把绿豆放回杯子里。年轻人拿起杯子轻轻摇晃了一下，把杯子里的绿豆全倒在桌子上，让他们找出刚才各自挑选的绿豆。

四个大学生瞪大眼睛，从那一模一样大小相同的绿豆里谁也挑不出自己刚选的那一粒。这时，年轻人又从兜里掏出四粒他们从未见过的红色绿豆，扔到那一堆绿豆里面，用手掌摊了摊，问他们："能挑出我刚才混进去的那四粒绿豆吗？"

大学生们很轻松地就挑出了那四粒颜色醒目的红绿豆。

"那么，现在我请问你们，谁能证明自己是一粒与众不同的红绿豆呢？"年轻人收起桌子上的绿豆，给几个聪明的大学生留下这个问题，便转身离去。

后来，他们惊讶地得知那位年轻人就是省内著名的"红粮食"公司二十六岁的夏总经理，在当今粮食连年滞销的形势下，他靠经营系列"红色粮食"闯开了市场。目前，他麾下拥有员工两千多人，资产逾亿元，而他现在的最高学历是——初中毕业。

在激烈的竞争时代，常常会出现许多人才争抢某份职业的现象。谁能成为一粒与众不同的"红绿豆"，让自己的才能更多一点，更强一些，谁就能在大量普通、雷同的"绿豆"中脱颖而出。

"再醒目一些，再特别一些，再超凡脱俗一些。"这是大洋彼岸一位美国富豪的成功秘诀。渴望成功的年轻人，如果你还只是具备了一点儿才识便抱怨自己怀才不遇，不妨扪心自问几遍：你是一粒醒目的红绿豆吗？你会把自己培育成一粒非凡脱俗的红绿豆吗？

请记住——有魅力的，吸引眼球的，往往是特色鲜明的"那一个"，而不是几乎完全雷同的"那一些"。

带刀的文人

/姜钦峰

李敖无疑是文人中的武士,嬉笑怒骂皆成文章,那些犀利的文字,就像他手中的利刃,可以杀人于无形。最近又在电视上见到李敖,让我意想不到的是,这个以好斗而闻名的老头儿,居然真的有一把刀。更不可思议的是,他每次出门时,从来刀不离身,俨然江湖侠客。

在台北的阳明山公寓,李敖坐在自己的书房里接受采访,记者是他的老朋友。两人聊得兴起时,李敖忽然像变戏法似的,从裤兜里掏出一把小刀,黑色塑料刀柄,折叠式的,样子很精致。他用右手握住刀柄,熟练地用力一甩,"啪!"刀刃展开,在灯光照射下,寒光闪闪。李敖一边演示,一边得意地说:"这是在越战时,一位美军特种兵上校发明的,锋利无比,一只手就能打开。"那样子看起来怪吓人的,记者很惊讶:"您没事身上带把刀干吗呢?"李敖不假思索道:"打架啊,我每次出门都带着它,用来防身,遇到敌人就跟他干!"

这符合李敖的战斗作风,我不禁莞尔。要知道,当他说出这句话的时候,已是七十多岁高龄了。眼前的李敖,还是那个熟悉的老顽童,幽默风趣,个性不减当年。岁月并未改变他的本色,这哪像是年过七旬的古稀老人,倒更像是个闯荡江湖的古惑仔。或许他真的需要一件防身武器,因为他太好斗,一生写文章骂人无数,树敌无数,仇人多得连他自己都数不清。如果哪天真的有人找他报仇,恐怕没有人会觉得太意外。

记者有点急了,越发好奇地问:"您跟别人打过架吗?"李敖顽皮地大笑,晃了晃手中的刀,有点像杂耍:"这个东西就像灭火器,平时有备无患,但是到了真要用它的时候,就不起作用了。"原来是虚惊一场,他这辈子虽然跟人斗嘴无数,但压根儿就没打过一次架。记者顿时松了口气:"既然没用,那您还带着它干吗?"李敖忽然正色道:"当然有用,这把刀代表了我的性格,遇到困难我不闪躲。"

我顿时肃然起敬。

纵观李敖这一生,特立独行,有过荣耀加身,更多的却是命途多舛。为争取言论自由,他曾两度入狱,度过了十几年牢狱生活。

七十多岁的老人,还在随时准备迎难而上,战斗到底。"遇到困难我不闪躲",算不上什么豪言壮语,当此话出自一位古稀老人之口时,却足以让我这个而立之年的人心生惭愧。我忽然问自己,你是不是也需要这样一把小刀?

不是生存，是生活

/胧月

我是因为好奇于他们，才每天晨起去那里散步的。

那里是一处路边公园，绿草如茵，绿树成林，燕雀婉鸣。而最让我好奇的，是置身其间的七八个中年男人。

他们有的盘腿坐在草地上，围成一个不规则的圈，有的立在一棵树底下，正有模有样地唱着。驻足细听，正在唱的是京剧《沙家浜》里郭建光的一段。只见那个人两手半握拳，放在胸前，好像握着盒子枪的背带，唱几句走一步。那个认真陶醉的样子，恍若自己是在舞台上一般。

他唱完了"下场"，另一个接着"登台"。脖颈一甩、一仰，捏起嗓子，悠长、激扬地喊一声："奶奶，你听我说……"让人有些忍俊不禁；再往下，一个瘦小的男人以为自己是个"官儿"，脚蹬"皂靴"、身着"官袍"，从草地上站起来，手那么潇洒地一撩，迈开方步，"哇呀哇呀"唱将"上台"……而他们的锣鼓点,却是由一个人在玩口技。难道,他们是业余戏班、京剧票友?横看竖看,不像!他们衣衫肮脏破旧,头发蓬乱得像个鸟窝,黑黢黢的脸上皱纹交错,写满沧桑,一双手更是粗糙得很。显然,他们是一群农民工兄弟。

一群"苦哈哈"的农民工,居然有这般闲适的心情,和城里的"票友"一样,一大早在公园里练艺吊嗓?我觉得不可思议。

后来,我连续几天都来散步,驻足倾听,为他们鼓掌。他们主动、友好地邀请我坐在草地上。就这样,慢慢熟络起来。

有一天,我发现原来玩口技的老白手上,有了一把簇新的小京胡,正被他拉得"咿咿呀呀",白粉乱坠。我想,可能是水货吧?老白身体往后一倾,急得用方言告诉我:这玩意儿好几百块呢,是他们几个凑钱,特意去专卖店买来的。唱完戏,还不到八点,他们用一个粗陋的白布袋收起京胡,藏在墙边的矮树丛里。又拿出一根铁钎子,移开马路边上的窨井盖,像鼹鼠一样钻了进去。他们这段时间的活儿,是为某通讯公司埋设地下线缆。

他们的住处,就在马路对面又脏又旧的"旧货一条街"里。八个人住一间二十平方米的平房,租金每月六百元,还嫌贵。但他们咬牙认了,因为晚上,这里时常有人找他们加班,干些搬运、清洗旧家电的活儿。运气好的时候,可以解决掉房租问题。我好奇地问:"你们这么辛苦,还有心情每天唱戏自娱自乐?"老白说:"我们吃饭、赚钱,是为了能从生活中得到乐子。生活,不是生存,而是要把日子过得美气、开心。"

我终于读懂了他们的"怪诞":原来,对于热爱生活的他们来说，即便再苦再累，日子都是新鲜的、美丽的、快乐的。因为他们总能找到和得到。他们的生活态度，如果用颜色来形容，就像这夏日里的路边公园，纵然有骄阳似火的炙烤，也有绿树婆娑的怡然。

不执着的心境

/王飙

马祖道一原来是佛教禅宗里北宗中的佛陀，专事"渐修"，执着于坐禅之功。他听说南宗怀让禅师的名声后，便来到南岳衡山，虽名为参学，实有挑战之意。他来到之后，就想"坐"出个样子来给怀让禅师看看。一日，怀让问他："告诉我，你如此坐禅图个什么？"马祖回答："图做佛。"怀让禅师也不多说，就拿一块砖在他面前的一块石头上磨。马祖感到很奇怪，就问道："大师磨砖做什么？"怀让说："磨成一面镜子。"马祖感到很好笑，就说："砖头岂能磨成镜子？"怀让认真地说："坐禅岂得做佛？"马祖迷惑地问道："那如何是好？"怀让禅师又说："如人驾车，若车陷不动，你打车有用吗？打牛有用吗？岂能只执着于一个'打'字呢？"马祖心中一片迷茫。怀让接着开导说："你是学坐禅呢，还是学做佛？若是学坐禅，则禅悟不是来自坐卧。若是学做佛，则佛更无定相。你若是坐佛,实乃杀佛,若是执着于坐相,执着于成佛,则更难通达佛理,亦更难达到佛境。"怀让禅师的一席话,让马祖如饮醍醐,有说不出的畅快,从此告别了坐禅渐修的烦琐之路,转入顿悟之门,在怀让的引领下,最后竟成了禅宗中的一只"踏杀天下人"的神驹,他的一句"平常心是道",一下子就如劲风吹草般地折服了天下的僧俗。

成佛可以说是任何一个修禅者的最终目标,但是,佛理却蕴含于万事万物之中,只有以开放的心态,以不执着于某形式或方法的心态,才能更透彻全方位地理解"一花一禅境,一沙一佛国"的真谛。

谈到马祖道一,我又想起了另一个叫神赞禅师的故事。神赞曾在著名的大师百丈门下参禅,后来就云游天下,落脚在福州由有名和尚任住持的大中寺。开始的时候,有名和尚与寺中众僧都看不起他,便让他充当寺中杂役,他默默地工作,毫无怨言。一日,有名和尚在窗下默诵经文,一只野蜂想从屋里飞出去,见窗子有些光亮,就没头没脑地乱撞窗纸。有名和尚看了看野蜂,又继续无动于衷地读经。看到这情景,神赞深感有名和尚的修行只知读经诵文,与这只野蜂何异?便自言自语般地说:"房子这么大,有门洞开,不从空处出,偏撞窗纸,真是白费气力。"说罢又吟一偈:"不肯出空门,投窗是大痴,百年钻故纸,何时才出头。"这有名老僧虽未得道,但心头还是颇有灵光的,一听心中不觉一动,惊道:"何出此言?"神赞说:"佛在自心,若一味执着于经卷,何日方能得道开悟,拨云见日? 佛法乃活水也,死水岂能养龙?"一席话,说得有名和尚面流喜泪道:"老僧到了这般年纪才识得禅宗

'不执着'的真诀啊！"

不执着的心境，实质上就是一种旷达、自由、舒展、明畅和超脱的心境，是一种不被某一种形式、观念和方法束缚灵魂的心境。欲成就大业者，欲渴望在未来的岁月里创造人生辉煌的人，往往无不具有这种挥洒自如的心态。唐太宗李世民，当他抓住了自己敌对阵营里的魏徵时，斥问道："你为什么离间我们弟兄？"魏徵从容地说："皇太子若听从我的话，哪里还会有今日之祸？"太宗听了他的话，并没有因为他曾劝隐太子建成杀了自己而执着地要杀他，也没有因他忤逆了龙颜而大怒，要执着地挽回皇家之尊严而杀了他，而是被他的从容和才气所折服，把他引为知己。魏徵也因遇知己之明主，而思竭其用，知无不言，前后所陈达二百余事。唐初所取得的贞观之治，魏徵可是功不可没啊。

有些人做事，喜欢一条路走到黑，认死理，钻进牛角尖里出不来。我有两个邻居，一个姓张，一个姓孙，两家人做生意赚了一点钱，就想在原来的地基上建一座小楼。两家原来的房子中间有几尺的滴水，两家都执着地认为这几尺滴水是自家的，又都执着于"老婆宅地不让人"的观念，在建楼动工的时候，就为这几尺的滴水争了起来，先是两家都想以武力制服对方，各搬亲朋好友打了一架，结果两家都有人被打伤住进医院，两家主人也都被"请"进了拘留所、罚了款。以后，不打架了，就又开始了漫长的打官司，两家都不遗余力地走后门送礼托人情，非分个输赢高下不可，官司也一路直打到省里，最后两家都耗尽了钱财，楼不建了，官司也未见输赢高下，直到今天两家都还住着原来又重搭起的破房子，但不同

的是原来和睦的邻居,如今却成了相见分外眼红的仇人。其实,如果两家不是如此执着的话,肯定还会有更好的解决方法。

不执着的心态,其实正是一种圆融的心态。而"不执着"可以说正是灵魂在这个世界上开的一个门户,一切的智慧,都可以通过这扇畅通的大门,进入人的心灵。正所谓:"天高任鸟飞,海阔凭鱼跃,随处任方圆,何必寻烦恼?"

一张纸里的快乐天堂

/照日格图

公交车上熙熙攘攘,沉闷的夏日午后使车里的人都喘不过气来。有几个人谩骂着闷热的天气。公交车走走停停的节奏更让乘客窒息。我找不到一个合适的地方静静地站着,只好走到公交车的尾部。

前面的座位上坐了一对母女。母亲大概30出头的样子,并没有很多话,烦闷地看着车窗外的景物。女儿则五六岁的样子,叽叽喳喳不停地说着什么,也不管母亲是不是在认真听她说的每一句话。

女孩手里抓着一张纸,准确地说,那是一张长方形的宣传单。在都市中你随处都可以拿到路边的厂商免费给你的这样的宣传单。我看了一下,好像是一张床上用品的宣传单,花花绿绿的。女孩依然说着她的话,她说:"妈妈,你相信吗?我能用这个叠一只鸟,正在飞翔的鸟。"她的母亲并没有说什么,女孩却动起了手,娴熟地把那张纸折来折去,像是完成一个伟大作品的工匠。几分钟后她叠好了,她高高举起她的"鸟",像一个胜利的战士。

"妈妈,你说这鸟叫什么呢?"她把作品放到妈妈的眼前。

"就叫凤凰吧,你看它多好看,花枝招展的。百鸟看了它都会敬畏。它是鸟群里的公主。"母亲微笑着鼓励自己的孩子。

"妈妈,我再给你叠个汽车,这样你和爸爸就不用每天那么辛苦了。卖菜的时候用这个汽车把那些菜都装起来。"说着她又开始叠起来,一会儿一张纸就有了汽车的模样。

"可是你的车没轮子啊,它走不动的。"妈妈说。

"不对,不对,我把哪吒的风火轮安装在我的汽车下,它就跑得比谁都快了。"说完孩子笑了,孩子的母亲也被她的天真逗乐了。周围的人也在笑,或许那笑声里带着一个问号:纸做的汽车能用风火轮做车轮吗?会不会在顷刻间变成纸灰消失呢?

可女孩不知道这些。她拿着纸还在那里叠。这时站在我旁边的一个男人走了过来,他说:"小朋友,你能给我叠一个100元吗?"

这可难住了女孩。她想了想就是不知道怎么叠。过了一会儿她突然又想起了什么,把她的"汽车"拆开,然后把那张宣传单放在膝盖上,用手把褶子一一抚平,再伸出右手的食指工工整整地写了个"100",说:"看,叔叔,这就是100元。"车上的人都笑了,那位男士也笑了。

车上其他人也开始注意这个女孩。有一个小伙子走了过来,他说:"小朋友,给哥哥叠一颗心吧,听说对着纸叠的心许愿,失去的爱情就能马上回来,我很希望她能回来。"小女孩想了想,然后很抱歉地对那个男生说:"如果我要叠一颗心,就必须把这张纸的一部分撕掉,可我不想那样。"男生摇了摇头,并没有说什么,似乎他刚刚失去的爱情因为女孩的一句话变得永不复返。

这时又走过来一个体态丰满的女士,她的两个手上戴了四枚戒指,每一枚都那么闪闪发亮。她说:"小女孩,你能给阿姨叠个家吗?"小女孩想了想,说:"这最容易了,你看着。"说着她三两下就叠好了一个房子。胖女人摇了摇头,说:"小朋友,我要的不是房子啊,我要的是家,家里有爸爸妈妈,还有一个像你一样可爱的孩子。他们或许并不富有,却过着平静幸福的日子。"这可难住了小女孩,她说:"抱歉啊,阿姨,我的纸太少了,我不能叠爸爸妈妈和小孩。"胖女人笑了,小女孩也笑了,周围的人却都没有笑出来。

看着女孩粉红色的衣服和可爱的辫子,我突然想起了什么,问她:"小朋友,你光顾着给车上的人们叠东西了,如果你给你自己叠个东西,你会叠什么呢?"没想到她把那张纸撕成两个形状一样的圆,然后一只眼睛上贴了一个,说:"那我就送给自己一副魔力眼镜,只要戴上它我就什么都能看见。"小女孩陶醉在自己建起的幻想王国里,车上的人听着都情不自禁地呵呵笑着,车厢里的空气变得清凉了许多。

也是从那天起,我对城市里铺天盖地的宣传单不再持有讨厌的态度。因为小女孩让我明白,其实一个人的快乐天堂有时真的很大,大到包罗万象,踏破铁鞋难寻觅;有时快乐天堂又是那么小,它会安静地藏在一个孩子手中的宣传单中。

没人可以否认的美丽

/陈亦权

卡门·戴尔·奥利菲斯是一位 80 岁的美国老太太,然而,就是这位连老年证都持有了 20 年的老人,却是一位至今活跃在时装界的超级模特!

1931 年卡门出生于美国纽约,儿童时代她就幻想着自己能成为一位美丽的模特,所以她向母亲要求进入艺术班学习,但遗憾的是被母亲拒绝了,因为在母亲看来,卡门只不过是个有着"两扇门一样大的耳朵和一双大丑脚"的女孩,她在将来别说是能成为一位模特,就是能有一份足以糊口的工作就不错了。虽然遭到了母亲的拒绝,但卡门却深信自己是美丽的!

13 岁那年,卡门在一次搭乘公交车的时候碰见一位摄影师,她大胆地走上前去打招呼,希望对方能够帮自己拍一些照片拿到杂志上去发表。"我非常乐意为你拍照,可是我无法保证能把照片发表到杂志上。"那位摄影师这样告诉她。卡门点头表示理解。下车后，那位摄影师帮她拍了十多张照片。为了能尽量让这些照片发表，摄影师把照片交给了一家规模很小的杂志社，然而那家杂志社还是以卡门"不太上相"为由，拒绝发表那些照片！

卡门拿着那些照片一遍又一遍地看，心想：如果我真的不美丽，那位摄影师一定不会答应为我拍照！"我是美丽的，没有人可以否认这一点！"卡门对自己这样说。一年后，卡门拿着这些照片找到了一家大型时尚杂志社，两周后，卡门竟然得到了那家杂志社一位女编辑的约见，那位编辑拂了拂她的头发说："你的脖子如果再长一英寸的话，我会直接送你去巴黎，但是……"或许是那位编辑不想把话说得太直接吧，她把话锋一转接着问，"你觉得自己美丽吗？"

"没有人可以否认我的美丽！"卡门说。

虽然卡门的脖子没能"再长一英寸"，但或许正是她的这种自信吧，那位编辑最终尝试性地答应让她做一段时间的时尚模特。卡门似乎天生就是属于 T 型台的，在经过了短暂的训练后，她一走上舞台就浑身散发出了与众不同的魅力。一个月后，杂志社正式聘请她为签约模特，从此，卡门开始了模特生涯，并在第二年登上《Vogue》杂志的封面，成为当时最年轻的《Vogue》封面女郎。

卡门成了一位无与伦比的白天鹅，几乎所有世界大师和全球名牌都争相邀请她做品牌代言，而她本人，也以其尊贵典雅、超凡脱俗的独特气质，获得了"冰山女王"的美誉，并且在此后的数十年里长盛不衰！

　　2010 年,已经 80 岁的卡门,又先后在伦敦和北京的高级时装展览中惊艳全场。期间有记者问她是怎么做到青春常驻的,她说:"你只要拥有了自信就拥有了一切,没有人可以否定一种用自信塑造出来的美丽!"

雅间里的遗忘与孤独

/照日格图

　　最近为了一张照片险些崩溃。先是把办公桌的三个抽屉仔细清理了一遍，像回忆自己的工作史一样翻遍了打着近五年酸甜记忆的一张张有用没用的纸片；再把自己的书柜彻底倒腾了一次，用尽两个小时，累得满头大汗，照片还是没找到。半年前采访过一位女士，她遗憾地告诉我在她年轻时没留下几张像样的照片。她拿出一张定格她年轻漂亮的照片给我，嘱咐我千万要放好。后来因为照片不符合杂志要求我们无法刊发，我就找了一本书，将照片夹在其中，好与杂志用过的其他照片区别开来，其实就是给那张照片设计了个"雅间"。结果那些被杂志选用过的一大堆照片都还在手头，唯独那张我特意放在雅间里的照片没了踪影。

　　朋友有了女友。女孩温柔可人，朋友抱得美人归，立马变得重色轻友，将我们这些平时喝啤酒吃烧烤的"狐朋狗友"

扔在一边,专心致志地陪女友,碰上周日恨不得不让她下楼,安排好所有的衣食住行。只是还不到半年他又跟我们坐在一起喝啤酒吃烧烤了。喝高了他就发泄不满:这世界上没有人能够像我一样对她好,可她还是跑了。我们只能无奈地摇头。

上高中时被称为班花的女孩高一就跟着校外的小混混跑。去过无数次老师的办公室,但周日我们都看见她穿着暴露,跟着那群头发红橙黄绿青蓝紫的混混大摇大摆地走出校园。一直混到高三,吃散伙饭前我问她,为什么就不能和其他女生一样安安静静地坐在那里背单词?她笑得让我有些摸不着头脑,说,初中时无论谁打来电话父亲都会严加拷问一番,并规定了森严的家教,不许她和任何男孩来往。她还说,我知道那些小混混不是啥好东西,但是他们却能带我玩台球、电子游戏,能让我看现场版的武打片,很过瘾。如果我一直是淑女,淑女到我嫁人,那我失去的东西会比得到的多。

聚会我们喜欢去雅间,那里相对安静,再狭窄,也是完全属于我们的空间。有一次吃饭,朋友们都喝得东倒西歪,晚上十点了,只有酒精过敏的我还保持着清醒的头脑,看着再也无力搭话的朋友们,我体会到什么叫孤独。一种四面徒壁的孤独。想起那张难以找到的照片和上述两个人的经历,觉得孤独不可耻也不可怕,孤独四面的墙更可怕。有了四面墙,孤独迅速升级,墙内的人完全被墙外的人们忽略。雅间内的小团体只剩一个人的时候,这样的孤独就变得更可怕了。

在城市里,常有一种冲动,要拿一把大锤打烂周围的墙,让小团体变成一个大团体,像草原般没有任何遮拦,任你驰骋。朋友的一句话给我的兴奋泼了冷水:圈子大了,就喧嚣了,要雅间不就是要个小圈子吗?而大的圈子也有更大的孤独,人心不就是一堵墙吗?那堵墙你永远打不烂。

我还是待在雅间里寂寞吧。

第三辑
谁惊扰了我们最美的青春

两声花开双芳菲

两声花开双芳菲

　　两岁时,她随同父母由苏州移居香港。一年后,父亲因病不幸离开人世,留下她和母亲相依为命,艰难度日。六岁时,聪明伶俐、活泼可爱、懂事乖巧的她开始涉足影坛,挣钱养家,小小年纪便挑起生活的重担,从此培养了她的吃苦耐劳精神,也成就了她日后的事业。她出演的第一部影片是李化执导的《小星泪》,在片中饰演一个苦命女孩。观众的鼓励使年幼的她开始对演戏着迷、欲罢不能。凭借个人努力和出色的本色表演,她有幸考入著名的中联影业公司,并有机会与著名的功夫巨星李小龙合演了《孤星血泪》一片。一年后,凭借在电影《梅姑》中的出色表演,她获得了第二届东南亚影展的最佳童星奖。这是她获得的第一个大奖。那年,她只有八岁。

　　她的演技不断完善和成熟。主演的《苦儿流浪记》曾参

第三辑　谁惊扰了我们最美的青春　·　81

展美国,她因此名声大噪,她演唱的电影主题歌《世上只有妈妈好》更是日后被引入台湾电影,成为两岸三地广为流传的经典歌曲。她是那个时代最受欢迎的封面女郎,上镜率极高,她被影迷们称为东方版的奥黛丽·赫本。

在大红大紫的聚光灯下,她没有迷失,没有盲从,她知道自己要走一条怎样的路,也知道该如何去走。1971年,她做出了人生中一次极为重要的选择:赴美留学。这段学习经历令她的眼界开阔了许多,也对人生和事业有了全新的理解。四年之后,她取得了新泽西州西顿贺尔大学大众传播学的学士学位。三十岁时,在事业二度成功的时候,她再次华丽转身,回到象牙塔,修完一个硕士学位,并且遇见可以相依一辈子的男子,走进了婚姻的殿堂。

1993年她突破了原来的角色定位,在经典武打电影《方世玉》中,饰演方世玉的妈妈苗翠花。电影中苗翠花武功高强、好打抱不平,但却粗心鲁莽,形象十分可爱。这一形象相信看过影片的观众都还记得。1995年,因演出《女人四十》,她荣膺柏林影后及第三十二届台湾金马奖最佳女主角。

2009年4月,她踏上红地毯,领取亚洲最重要的香港电影金像奖终身成就奖。已过知天命的她,虽患有严重耳疾,饱受折磨,她和别人的交流只能借助手语,脚也摔伤,腰亦不好,但在一片闪光灯中,她站出来时,依然是盛妆华服、笑容可掬、谈吐优雅、大方得体。全场笑语不断,但无人鼓掌,众人只是默默拿起荧光棒向已经与声音绝缘的她挥舞致意,对多年相知微笑点头,一切尽在不言中。在获奖感言中,她对自己热爱读书的爱好幽了一默:"聋子不看书,日子怎么过?"她

一脸灿烂阳光,看不到阴霾,读不出抱怨。她要努力把自己的生命分成两份,一份交给光影迷离的银幕,一份认真做一个以书为友的书卷女人。

萧芳芳,这个已成为香港文化最鲜活银幕记号的传奇女人,共拍摄过二百多部电影,获得过多个不同电影节的影后殊荣。她擅长英语、舞蹈、绘画、礼仪,酷好读书。她自己曾编辑出版过英语进修教材及讲解西方礼仪的《洋相》一书,这在演员之中实在不多见。她酷爱读书,一本《傅雷家书》就翻看了五十多遍,这在娱乐界明星中更为少见。著名词作家黄霑在文章中,曾对她满是溢美之词:在我心中,她是奇女子,可以绚烂,可以平淡,幅度之广,友人之中,以她为最。

传说中,在世界的某处,有种名叫"两生花"的神奇植物,紫色的茎上开出两朵不同颜色的花朵。萧芳芳的人生,就是一朵美丽的两生花,一朵叫演戏,她把自己交给荧屏,让观众愉悦;另一朵叫读书,她把自己交给内心,让内心安宁。

谁惊扰了那段最美的时光

/安宁

想起一段在时光里发了霉的爱情。

是多年以前，我刚读大学的时候，一个叫凉的舍友，她有个彼此都爱得很深的男友，在家乡的小镇，因为没有考上大学，只能在家做被人鄙夷的待业青年。但这段青梅竹马的恋情，并没有因为学历和距离而有了隔阂，反而像那醇香的酒，在时间的窖里愈加地浓郁了。

我记得那时的凉，几乎每个周末，都会坐三个多小时的巴士，回去看望男友。有时，她的男友也会过来，两个人像校园里那些幸福的学生情侣一样，十指相扣，耳鬓厮磨，几乎所有能够留下浪漫足迹的地方，都会有他们抵达的身影。我们这些爱情刚刚启蒙的女孩，一度对他们的这份甜蜜有微微的嫉妒。晚上的卧谈会，内容几乎都是关于他们。但凉那时只醉心于爱情的惆怅与温柔，对于我们叽叽喳喳不成熟的探讨和问询,不过是淡定一笑,而后一个转身,背对着浅蓝的帘布,柔情蜜意地去回味日间的娇羞。

半年后的一个周末,清晨,我正睡意蒙眬,突然听见门外有人边急促地敲门,边放声哭泣。我匆匆地下床开门,凉便一下子扑到我的怀里。我小心翼翼地哄着她,说,凉,别哭,别哭,是不是男友惹你生气了?下次他再来,我们姐妹八个,一起敲诈他一顿解解气。凉趴在我的肩头哭泣了许久,才咬着下唇,艰难地吐出几个字:他,要订婚了!

这个消息,无异于一颗炸弹,不仅在凉的心底炸开了一个巨大的缺口,任那些绝望的眼泪狂泻而出,而且就连我们这些不相干的路人,也几乎席卷了进去。

几乎是每天,凉都疯狂地打电话给男友的父母,请求他们放过这段爱情。起初,凉的父母还客气地劝说她,他们已经不是同一级楼梯上的人,她应该继续往上攀爬,而不必顾虑或许一辈子都不会走出小镇的他们的儿子;后来,他们便失了耐心,听见是她的电话,即刻不耐烦地挂断。

就在凉几乎承受不住的时候,她的男友在定亲的前一天,偷跑出小镇来学校找她。犹如一个落入深渊的人,突然抓住了一根救命的藤蔓,即便是手被万箭穿过,也不会再松开一秒。

凉的最终决定,吓住了我们所有的人。为了能够和男友在一级楼梯上,凉决定退学,不再读书。她的男友,也曾有过一丝的犹豫,是否要让凉做出如此大的牺牲,而凉,只轻轻说了一句话:你能为了我,放弃整个家族的颜面,我也能够为了你,放弃那些与爱情相比其实不过是过眼烟云的荣耀。

凉就这样，毅然地办理了退学手续，连跟我们告别都来不及，就与男友奔赴了西安"蜜月旅行"。尽管对凉的决定震惊，但我们还是有微微的向往和嫉妒，就像看好莱坞的老电影《邦尼与克莱德》，知道他们的每一步，于我们都是禁忌，但在黑暗里仰头呆呆看着银幕，还是对那样惊心动魄的一对爱人，充满了浓浓的迷恋与深情。

之后我们便极少得到凉的消息。这个富有传奇色彩的爱情故事，到这里，应该是最好的一个结束。偶尔想起凉，想起她纯真又火热的眸子，想起秋天的夜晚，虫鸣渐渐低下去，我们坐在高高的天台上，聊起愿意为之一生奔跑不息的爱情，那样的岁月，我相信凉也一直会记得，就像曾与她共享过爱情秘密的另外七个女孩，一直将她的这段爱当成纯真爱情的样板，深藏在心灵的深处，并借此劝慰自己偶尔在物欲中迷失的魂灵。

后来有一天，我在网上无意中碰到了凉。问及她的近况，她说两家人皆已经同意，他们终于如愿以偿地结了婚。我紧跟着追问一句：那么，结婚之后呢，有没有什么打算？那边的凉，沉默了许久才说，暂时做一些小的生意吧，没有大学的一纸证书，我们终究还是觉得走得艰难。就像当初没有那一纸结婚证书，我们在外面四处游逛，心是不安的。

我不知道该如何与凉继续聊下去，是给她安慰，还是同情？人生是他们的，我们这些外人，再如何参与，终归还是如一滴油浮在其上，永远无法沉入那不可测的水底。

但我还是怀着一种探知秘密内核的好奇，点开了凉的QQ空间，而后，我便看到了那篇只有一句话的日志：究竟是谁，惊扰了我大学最美的那段时光？

　　而我，终于从这句话里明白，爱情，它在人生里，疾驰得愈是激烈，停下的时候，惯性就愈会将我们的记忆，长长地拉回到那已经不再可能的美好时光。

　　可是，我们常常明白得那样晚。

越狂的和尚越悲痛

/凉月满天

苏曼殊是私生子，他爹的日本妾的妹妹所生，养到六岁带回国内，十二岁得重病，居然被大妈扔进柴房等死。侥幸捡回一条命来，病好就跑到庙里出家，后来居然跑去烤鸽子，犯了戒，被踢出佛门。

等他再回日本，已是少年情怀，情窦已开，邂逅少女菊子，二人相爱，家人不允，恋人投海自尽，他只身回到广州，二次遁入空门。

后来不知怎么又还俗。然后因为《苏报》案，章太炎、邹容被判入狱，他对判决结果气得要死，跑到广东雷峰山雷峰寺三次出家。到底熬不住，又落魄还俗。

就这样，出家好比回娘家，还俗好比到婆门，开始娘家婆家两头住，半僧半俗，亦僧亦俗。

苏曼殊爱画画，画上多古寺闲僧，荒江孤舟。

他更爱作诗。诗里有白云、寒梅、潭影、疏钟、春色、百花、美人泪眼、微命诗僧。无情泪、红叶诗、石榴裙、袈裟上脂痕杂泪痕。春雨、洞箫、芒鞋破钵和樱花桥。在诗里做一个风流蕴藏的小和尚，"来醉金茎露，胭脂画牡丹。落花深一尺，不用带蒲团。"看着青山白水，想着天上人间。横塘风露冷，他偏能看见残荷盖鸳鸯。

僧不问情，他却情多难禁："乌舍凌波肌似雪，亲持红叶索题诗。还卿一钵无情泪，恨不相逢未剃时。"其实，剃了又怎样？他这么狂，一个矮门槛怎么拦得了他巫山行云。不过就是他自己不肯。

海明威说，每一个现代人在本质上都是孤独的。他的孤独看上去像发疯，在日本"一日饮冰五六斤，比晚不能动，人以为死，视之犹有气，明日复饮冰如故"。因为孤独，没有爱情的时候想爱情，有爱情的时候躲爱情，躲完了再去不停地吃花酒，自我放逐。

元代原妙禅师缚柴为屋，风穿日炙，冬夏都是那一件破衲衣，每天捣松子喝稀粥。后来更遁入岩石林立的狮子山，在绝壁上营小室如舟，不澡身剃发，一日一食，晏如也。他在逃禅，曼殊也在逃禅，却是不入深山古林，于琵琶湖上枕经卷入幻梦。所以他的诗皮面上艳光难掩，骨子里佛心禅心："忏尽情禅空色相，琵琶湖畔枕经眠。"

和尚又很爱革命，在东京加入兴中会、光复会，又参加"抗俄义勇队"，又要去刺杀保皇党头子康有为。暗杀、起义，一侠独行，满腔热情，可是没用。他根本无法进入哪个群体，他的世界不在这里。他的世界也不在那里。此身无安，天上人间。

也阔过，也穷过，平常日子不当平常过。当老师，当翻译，不断地写书、编书、译书。阔时钱乱花，穷时钱乱借，借不着便去"化"，"化"不着则当衣裳。一回住院，到该出院的时候，朋友看他，他在床上用被子盖了全身。问他为何，他说衣已典当，总不能赤条条步出医院。

他又爱糖，是名副其实的"糖僧"，无钱把金牙敲掉也要换糖吃。一次吃完了糖，朋友问他："明日能过来坐坐吗?"他答："不行，吃多了，明日须病，后日亦病，三日后当再来打扰。"

不光贪糖，还贪别的。他从日本寄信给美国朋友，吮指谈吃："唯牛肉、牛乳劝君不宜多食。不观近日少年之人，多喜牛肉、牛乳，故其性情类牛，不可不慎也。如君谓不食肉、牛乳，则面包不肯下咽，可赴中土人所开之杂货店购顶上腐乳，红色者购十元，白色者购十元，涂面包之上，徐徐嚼之，必得佳品……如君之逆旅主人询君是何物。君则曰红者是赤玫瑰;彼复询白者，则君曰白玫瑰……"想不到"红玫瑰与白玫瑰"跑到了这里，真是，说不是诗人，神仙都不信。

恶果是因为种下了恶因，他三十五岁时死于肠胃病，可是这样英年早逝，好像又是得其所哉，固如愿也。死后葬于西泠桥，与江南名妓苏小小墓南北相对，"谁遣名僧伴名妓，西泠桥畔两苏坟。"

据说曼殊小时想到日本找亲娘，为攒盘缠上街卖花。曾经的儿女亲家的小姐悄悄命女仆送去盘缠，随信附信物玉佩。曼殊终于来到了日本，见到了母亲，也邂逅了许多女子，他只是漫应,写了一些"恨不相识未剃时"的句子。可是等他回到广州,小姐已早逝。后来他更是处处留情,成为大名鼎鼎的情僧。

到他临死,给好友写了一封信,只有五个字:"不要鸡心式。"到底是知己,不用多言语,好友重金购了一块玉佩,老派的、方方正正。他大概是想给未婚的夫人,在另一个世界回赠一件信物。

三十五年红尘过,最后遗言只有三个字:"对不住。"

一辈子爱花又爱禅,逃情又逃禅,又爱又逃地过了一生,"无端狂笑无端哭,纵有欢肠已似冰。"

越狂的和尚越悲痛。

马不停蹄地奔向枯萎

/朱成玉

一年又一年。像叶子一天又一天,望眼欲穿,重复着无尽的等待。风传来的任何一点好消息都会使你激动得战栗。你独自等到白首,却等不来那个温暖的胸膛。人生,是不是就此谢幕?你说:"不,我只是睡一会儿。谁敢保证,黄昏的时候,他不会来敲我的门?"你说:"他会带进来一阵风,在耳边,轻轻地唤醒我的幸福。"

于你,相爱、离别和想念是再自然不过的自然规律,扯动你全部的神经,耗尽你最美丽的青春。而你,并不沉沦。一个美好的念想,往往是一个女人芬芳的理由。

这是我祖母的一生。在对祖父的怀想中,马不停蹄地奔向枯萎。

萧芳芳凭借《女人四十》拿金马奖那次,张国荣给她颁奖,她上台的时候披肩不小心掉下来。然后她在感言的时候说:这女人啊,过了四十,什么都往下掉……

什么都往下掉,花样年华里的一切,脸上的笑和眼泪,全都是滑溜溜的,噼里啪啦泥沙俱下。

生命又何尝不是如此,绚烂总是一瞬间的事情,更多的是落寞。

没有不老的红颜。花到了秋天,开始凋落。女人,过了四十,开始掉落。女人们纷纷叹息:我们最大的情敌,不是第三者,而是岁月。

一件件东西开始离开她们的身体,牙齿、头发……她们老了,再美的胭脂也会掉落,如同那些不可挽回的青春,马不停蹄地奔向枯萎。

人世间,人与人的相遇,最是奇妙。多少人,在晚年的蜡烛下,依然为年轻时某个人的惊鸿一瞥激动不已。多少人,奔向枯萎之时,嘴角却带着幸福的微笑。

我想,这生命,除了凋谢,是不是还可以拥有另外一种颜色?

除了落幕,是不是还可以拥有另外一种声音?

除了酸楚,是不是还可以拥有另外一种味道?

所以梅丽尔·斯特里普会在暮色之年,用低沉喑哑的声音缓缓述说自己的曾经,述说那个发生在非洲恩共山脚下农场的故事。四天会发生什么? 相爱、离别和想念。和我祖母的一生一样。

他对她说:"我在此时来到这个星球上,就是为了这个,弗朗西丝卡。不是为旅行摄影,而是为爱你。我现在明白了。我一直是从高处一个奇妙的地方的边缘跌落下来,时间很久了,比我已经度过的生命还要多许多年。而这么多年来我一直在向你跌落。"

她对他说:"罗伯特,你身体里藏着一个生命,我不够好不配把它引出来,我力量太小,够不着它。我有时觉得你在这里已经很久很久了,比一生更久远,你似乎曾经住在一个我们任何人连做梦也做不到的隐秘的地方。你使我害怕,尽管你对我很温柔。如果我和你在一起时不挣扎着控制自己,我会觉得失去重心,再也恢复不过来。"

四天,犹如一生。那马不停蹄的秒针,每一下都扎在爱的神经上。但他们并没有让爱束缚,他们给爱注入了另一种血液:"给相逢以情爱,给情爱以欲望,给欲望以高潮,给高潮以诗意,给离别以惆怅,给远方以思念,给丈夫以温情,给孩子以母爱,给死亡以诚挚的追悼,给往事以隆重的回忆,给先人的爱以衷心的理解。"这是他们对待爱的方式,对待人生的方式。

人的容颜可以衰老,芳香却不可抹去。所以杜拉斯要以这样的开头来讲述自己与湄公河畔中国人的故事:"我认识你,我永远记得你。那时候,你还很年轻,人人都说你美,现在,我是特意来告诉你,对我来说,我觉得现在你比年轻的时候更美,那时你是年轻女人,与你那时的面貌相比,我更爱你现在备受摧残的面容。"

生命如此短暂。爱本身就是一种巨大的欢悦,当一个人散发出他的爱,他就开始享受自己爱的时候那种充实与欣喜。像花儿享受自己的盛开,像树木享受鸟儿的啁啾,像人们享受大自然中的某个细节,无论是一阵携带着花香的风,还是一丛摇曳的三叶草，人们都能从发自内心的喜爱中得到那清新的快乐吧？尽管我们马不停蹄地奔向枯萎，但因为心中装着爱，我们的芳香一直都在。这让我再一次想到我的祖母，像某种著名的花那样，被岁月碾碎，却芳香如故。

吃苦,是优质人生的基础

/玛格丽特

秦海璐9岁时,因为爸妈下海经商,乏人照料,被狠心地"扔"进全托京剧戏校。

戏校苦哇。为了出一个"苗子",基本采用"打为主,吼为辅"的训练方式。尤其秦海璐学的刀马旦——做、唱、念、打、踢、翻,样样得练好。承受的苦、累、痛,难以忍受,无法形容。

别的孩子周末回家偎在父母怀里撒娇,尽享呵护。秦海璐像只被遗弃的小鸟无枝可依。父母常常忙得几个月没空来看她。她心里充满了委屈,用泪水抵抗、发泄。可是哭完了,没人心疼,一切还得照旧。于是,开始拧巴、较劲,玩命地练功,老师让停也不停。就这样,将近七年的戏校生活,她练就了极强的心理承受力,且深谙:这个世上,任何人都依靠不了,所有的苦、累、痛,只能自己化解。

17岁,秦海璐戏校毕业,进入中央戏剧学院。身处姹紫嫣红、俊男美女之中，长相平平的她，既不自卑，也没压力。
"因为7年的苦，都熬过来了，这算得了什么呢?"何况，她坚
定的、唯一的目标：拿张大学文凭，回家做白领，找一好老公。
班里的同学，有的想家想得泪汪汪，有的因拍广告、演戏，找
不着感觉痛苦而哭。她没心没肺，优哉淡定，兀自打发日子。
直到大四。

那年，学校认定她是"能演戏几个里会演戏的一个"，让
她参加电影《榴莲飘飘》的拍摄，她不干。"不想拍电影，只想
当白领。"班主任"激将"说，你如果不试试，拿了中戏文凭就
去当白领，人家会说，秦海璐不行。她一想，可不是，姐们儿
不成名可以，但不能让别人说干这行不行，才改的行。不料，
她这一"触电"，捧回了最佳新人、最佳女主角两个大奖。

都以为她会"乘风而上"，她却躲猫猫般匿迹三年，圆她
的白领梦去了。舆论哗然，有说她自觉长得对不住观众，改
行了，有说她受不住刻薄的评论，隐退了……各种"浮云"，她
全然不顾，我行我素，心里窃笑：姐用实力证明过了，姐行!
姐很行! 你们爱咋说咋说，与姐无关。

然而，做演员是她命定的天职和强项，兜兜转转几年，她
还是被"旋"进演艺圈。且不急不躁，凭着丰厚的底蕴和扎实
的功底，声名鹊起，成为观众喜爱、褒赞和欣赏的实力派演
员。

在电影《爱情呼叫转移》里，12个走马灯似的相亲女，唯
独她演的那个，让人印象深刻。媒体问她缘由，她说，喜剧也
得认真演，而不是刻意去讨好、甚至胳肢观众。但也不能一
水顺的认真。除了感觉，还得动脑子。掌握好发力点，收放

自如。这是她从小在戏台上的基础和累积。在舞台上,射灯跟着你转,你必须找到自己的节奏。开始,锣鼓点控制你,等你一点点有了节奏感之后,锣鼓点开始跟着你。这个从被动到主动的过程,是一个演员成长、磨炼、积淀、成熟的过程。所以,吃的苦,永远是人生的基础。非但演戏如此,人生亦是如此。

纵观演艺界,学戏出来的跟没有学过戏而当红的截然不同。学戏出来的,特别扎实,特别沉稳,不浮躁,懂得收敛低调。譬如何赛飞、徐帆、袁泉,不论生活、演戏、工作还是为人处世,特朴实严谨,很少会出一些幺蛾子的事。因为,戏剧传统的优良风格和谦谨意识,随着那些"苦",日积月累,浸润到骨髓里去了,约束规范着人的言行、修为。

秦海璐出演话剧《四世同堂》里的大赤包,四川媒体评论她:"身材苗条,知性妩媚……"她莞尔:这都是"他们"对我的评价,跟我没关系。在我这个小小的圈子里,也许我有那么点儿知性。但出了这个圈子,比我有学问的人多了去了。所以别当回事。瞧,姐们儿够淡定。贬不馁、褒不惊。这就是底蕴。

多年来,她坚守原则:"演员是个'感知'很强的职业。来不及感知生活,陀螺似的从一个剧组到另一个剧组,我不干!"这就是她的基础、风格和底蕴。

总会有爱在那里

/蓝莓

安娜出生在匈牙利一个美丽的小村庄,但纳粹的铁蹄踩躏了这里的温馨。

3 岁的时候,安娜亲眼目睹父母被杀害的过程。幼小的她并不明白,父母是犹太抵抗运动的斗士。但从人们看她的惊惶神色中知道,要收留她,将是件多么危险的事情啊。

但是,她母亲生前的女仆希妮,用披肩裹抱着她,把她带回她的家,一处相对偏僻、安全的地方。一年后,安娜、希妮和希妮的丈夫、孩子在葡萄园里开心地野餐。忽然,急促的马蹄声伴随着啸叫的枪声由远而近——是一群荷枪实弹、全副武装的盖世太保。希妮迅速将安娜裹在一卷毯子中间,横放在葡萄藤下。安娜害怕得瑟瑟发抖,咬着嘴唇不让自己哭出声来。盖世太保跨过毯子,将希妮一家赶回屋里。随即,安娜听到了很大的声响。但她待在毯子里,一动也不敢动。

　　过了很久，很久，安娜又渴又饿，猫咪一样从毯子里爬出来，走进屋子。屋子里一片被洗劫后的狼藉。墙上片片、点点殷红的血，像院子里树上熟透的樱桃果。希妮一家四口，血肉模糊仰卧在地板上。4岁的安娜顿时感到无边的恐惧和害怕。她知道，自己再次失去了一个温暖的怀抱、一个温馨的家。无助中，她跌跌撞撞跑进一处灌木丛，一边抽泣一边瞪着眼睛，害怕地看着四周，现在，再没有人保护她了。她随时可能被盖世太保抓走、杀死，或者被灌木丛里的野兽啃啮、撕扯……

　　早上，希妮的姐姐来了。她在灌木丛中找到了安娜。她是一个修女。她用修女的白披肩，包裹起满身泥巴、草屑的安娜，温柔地告诉她：这些抓人的人都不是好人，他们违背了上帝的爱，上帝会惩罚他们的。安娜开心地扬起嘴角，用胳膊搂住修女的面颊亲了一下。修女接着说，她爱她，会把她当成自己的孩子一样抚养。她给安娜洗澡，换上舒适绵软的衣裳，在她胸前挂上小小的十字架，从不让她走出修道院的门。

　　虽然安娜经历了两次混乱、血腥和屠杀，但她依然快乐地成长。因为她知道，即便她是个令人损命的祸害，人们还是非常关心她、爱她、担忧她，不怕牺牲地收留她，使她存活着。他们就像希妮的那块毯子，迟早会出现在那里，保护她、陪伴她、温暖她。

　　安娜5岁那年，纳粹发现了她。他们野蛮地闯进修道院，把希妮的姐姐活活绞死，尸体挂在修道院的钟楼上。安娜被关进了集中营。纳粹之所以没有杀死她，是因为要用她来做一种活体实验。只是,谁也没想到,在纳粹眼皮底下,一个失去自己孩子的母亲,尽她所能做的一切保护着安娜。直到两年后,这位母亲被纳粹杀害。

战后,安娜被一对英国夫妇收养。他们给予她全部的爱,让她接受良好的教育,在最短的时间里,使得瘦小、体弱、头发稀少、饥饿的安娜,变成一个秀兰·邓波儿般可爱迷人的小姑娘。

17岁时,安娜成为很受欢迎的一流学生。后来,遇到一个心爱的男人,牵着她的手走在教堂的红地毯上……

不管世界如何混乱,总会有爱在那里,关爱你,护佑你,直到幸福彼岸。

冰雪终将消融

/梁阁亭

　　课间,我来到教学楼四楼的阳台,没有护栏,可以一览无余地看到外面的世界。风仍然呼呼地刮,阳光也洒满叶间的缝隙。树叶上的雪簌簌地往下落,一大片,一大片,化作团团婆娑的雪雾。慢慢地,穿着"白大褂"的叶子退回本来面目,黄绿色。在风中,叶子如释重负。轻轻诉说,树枝也慢慢地挺直身子,沐浴在一片阳光里。

　　那一刻,我的内心也变得无比柔软。我想起这样一个故事。加拿大的魁北克有一条南北走向的山谷,山谷没有什么特别之处,唯一能引人注意的是它的西坡长满松、柏、女贞等树木,而东坡却只有雪松。这一奇异景观是个谜,许多人不明所以,试图找出原因,却一直没有得出令人满意的结论。揭开这个谜的是一对夫妇。

　　那是1983年的冬天,这对夫妇的婚姻正濒临破裂的边缘。为了重新找回昔日的爱情，他们打算做一次浪漫之旅，如果能找回当年的爱就继续生活，如果不能就友好分手。当他们抵达这个山谷的时候，鹅毛大雪纷飞而至，他们支起帐篷，望着漫天飞舞的雪花，他们发现由于特殊的风向，东坡的雪总比西坡的雪来得大，来得密。不一会儿，雪松上就积了厚厚的一层雪。不过当雪积到一定的程度，雪松那富有弹性的枝丫就会向下弯曲，直到雪从枝上滑落下去。这样反复地积，反复地弯，反复地落，雪松依然完好无损。可其他的树，如那些松树，因为没有这个本领，树枝被压断了。西坡由于雪小，总有些树挺了过来，所以西坡除了雪松，还有松、柏和女贞之类的树木。

妻子对丈夫说："东坡肯定也长过很多杂树，只是由于它们的枝条不会弯曲，所以它们才被大雪摧毁了。"丈夫点头称是。少顷，两人像突然明白了什么似的，相互亲吻着拥抱在一起。丈夫兴奋地说："我们揭开了一个谜——对于外界的压力要尽可能地去承受，在承受不了的时候，学会弯曲一下，像雪松一样让一步，这样就不会被压垮。"

生命有两种截然相对的状态：生，或者死。生命之火熄灭了，那你的世界里将会什么都没有了。而活着，再苦再难，只要你心存信念，人生的发展就有万千可能。树弯一弯，会等来灿烂的阳光；人生等一等，相信可以找寻到真正的幸福。时间，是时间，它会公正地为你的付出、努力抑或隐忍作出回应和评判。外面的世界很精彩，外面的世界很无奈。纵是无奈，也要努力地好好活着，慢慢地，冰雪终将消融，寂寞逐渐温暖，疼痛缓慢消退。幸福不期而遇，快乐与幸福撞你满怀。

生命需要张力，苦难需要承受，不公需要面对。一切都在等待中。冰雪终会消融，风轻云淡，世界依然美好。学会忍耐，生命的春天就在明天；学会弯曲，有弹性的人生才更加丰盈和精彩！

与豆饼有关的两个故事

/李丹崖

有这样两个故事,都与豆饼有关,一个鲜活在民间故事里,一个就发生在我大伯身上。现在,我把这两个故事讲给大家听。

先说说民间故事。

一个乞丐,穷得家徒四壁,屋瓦上都是露天的大洞,几近塌陷,这样的家庭别说讨到老婆了,就连老鼠路过他家的门也会绕道。一日,乞丐上街乞讨,路遇一员外府,看到员外府的管家正欲找一名喂马的人,乞丐抱着莫大的希望欣然去"应聘",不想真的"应聘"成功。在员外府的第一天早晨,乞丐就饥肠辘辘,因为,他已经三天没吃上一顿囫囵饭了,无奈的是,这个员外是个嗜睡的主子,日上三竿还不开饭,乞丐情急之下,把目光盯住了马槽,马槽里刚淘洗的稻草,还有刚刚买来的马料——豆饼,带着一种无与伦比的香,乞丐高兴极了,趁人不注意,赶紧抓了几块豆饼放在嘴里,大口地咀嚼着……那天,他整整吃了十块豆饼,以至于开饭的时候再也吃不下半口饭菜。一年后,战事爆发,官府前来征兵,员外府里都是贵人,哪能上得了战场,无奈之下,员外只得把目光瞄准了马倌,不料给他一说,他欣然前往。

十年后,员外府里早把这件事忘得一干二净了,而当年的那个乞丐马倌还记得他们,他骑着战马,还有一帮随从,跟着他再次回到了当年的员外府,此时的他已经是统帅十万之众的大将军。

员外设宴亲自招待他,开饭了,面对满桌子的山珍海味,大将军却一筷子也不动,老员外心想,这下肯定坏了,一定是当初在这里当马倌时自己亏待了他,连连道歉。不料,这时,大将军却发话了,他问员外,你家喂马的豆饼能不能用碟子端上一盘?老员外一头雾水,正在吃饭,要那糟糠之物干啥?然而,既然大将军吩咐了,照做就是了。

豆饼上来了,大将军撩起袖子,抓起两块豆饼就吃了起来,他吃得津津有味,员外府里的所有人都吓傻了。大将军对着员外满怀感激地说,感谢您啊,正是当年我偷吃了你家的那几块豆饼,让我知道了人世间还有如此美味,我一定要尽自己的能力去得到它,如今,我的名望无人不知,每年的俸禄也享用不尽,但是,我仍时常想起十年前的那几块豆饼,正是它们,燃起了我追求美好生活的热望……

还有一个故事,就发生在我大伯身上。

那时候,大伯还是一位下放知青,被下放在一个偏僻的山村里,穷得连饭都吃不上,加上白天黑夜地干活,一天,大

伯和几个同来的知青终于忍不住了,跑到牛棚里偷吃了喂牛的豆饼,不料,却被人发现了。

第二天的批判大会上,大伯一帮人被押到批判台上,在那个"抓革命、促生产"的年代,马匹是重要的生产工具,大伯等人的做法就等于是破坏生产工具,无异于反革命,若以反革命罪论处,大伯他们应该是死罪。

关在黑屋子里的那天晚上,一位官员模样的人把他们叫到了门外,还给他们每人发了一把金黄色豆子,然后教育了他们一顿,就把他们放了。大伯他们回到宿舍辗转难眠,为什么给我们一把豆子呢?结果,大伯查了查豆子的数量,正好 51 粒,他们恍然大悟,原来,按照当地的俚语,"51"和"努力"同音,"豆子"是"种子"的意思,是在告诫大伯他们,不要不劳而获。

如今,大伯已经退休多年,但是,在大伯的书房里仍放着一个玻璃瓶,瓶子里放着 51 粒豆子,大伯说,后来,他们再也没有见到过那位官员,但是,那一把豆子却如一粒粒火苗,温暖了大伯他们一生。

如今,乡下也很少养牲口,豆饼自然也就不多见了,然而,以上两则关于豆饼的故事,兴许应该在我们感怀过往的时候,给当下多一些启迪。

心若为希望的土壤,即使埋下榨熟的豆饼,也是可以发芽的!

遇上了，就唠唠吧

/李丹崖

火车快开的时候，对面的座位来了位老人。

这是一位老美人儿，粗略估算，老人六十岁左右，头发雪白，还烫了发，戴着一顶咖啡色的帽子，皮肤仍很有光泽，一双深邃的眸子，散发出矍铄的光。

火车开了，车厢里来回攒动的旅客安静了下来。老人望着我，笑着说，小伙子，遇上了，我们就唠唠吧，三百多公里呢，老是坐着怪急的。

我点头应允，并问阿姨好。

通过聊天，我才知道面前这位老人已经七十九岁了，但是，看她的表情，时时透露着孩子一样的天真和单纯。

我们一路海聊。从学业聊到事业，从事业聊到家业，再聊到感情。

我们似乎很谈得来，老人敞开心扉说了她大半生以来的感情历程。

她说，我曾经经历过三次难忘的爱情——

我喜欢的第一个男人是个军人，我们是邻居，小时候，他总爱欺负我，那是一段动荡的岁月。有一天，我从女子中学回家，路上遇见了一个歹徒，上前抢我的帆布书包，我拽着不松手，歹徒就一脚把我踹倒在地。这时候，幸亏他及时出现，制服了歹徒，还把我送到了医院。后来，女子中学外的林荫道上，借着月色，经常出现我们偷偷约见的身影。那是我一生中最安宁的时光，直到战事出现，他去从了军。五年后，他壮烈殉国。我一直保留着他给我写的信，还有他帽檐上的一颗红五星，月亮出来的时候，我把它拿出来，透过月光，依稀还可以照见他的影子。

我喜欢的第二个男人是位医生。这段感情发生在"军人"去世后的第四年，"军人"去世以后，我也入了伍，我在连里做宣传员，负责在行军的过程中向老百姓宣传党的政策。一次，我们的队伍刚刚抵达一个村子，就遇上了鬼子的飞机，一颗炮弹在我的身边落了下来，是他把我扑倒在地，他的大腿却被炮弹壳削掉了很大一块肉。那段时间，我们转换了角色，我当了他的医生，每天在病床前给他喂药，清理伤口，给他读《青年近卫军》……无疑，我很快爱上了这个医生，但后来才知道他家里已经有了妻室，我们成了生命中最好的朋友。

我喜欢的第三个男人是一位下放知青。那是解放以后的事情了，我们一同下放到一个山村，我们都是做农业推广的技术员，一次，田垄里一头耕牛突然发疯了，竖起牛角向我冲来,我拽着犁铧被拖出老远,幸亏一个巨大的树根挡住了犁铧,才让我化险为夷。他救了我,我们很快便相爱了,后来,回城后我们结了婚,他在中学教书,我去报社做了一名记者。直到前不久,他因心脏病离我而去。

老人讲完了三个故事,喝了一口水,并掏出纸巾擦了擦嘴,太阳刚刚升起来,透过车窗照进来,老人一脸温暖的光。

我夸赞她富有传奇色彩的一生,老人说,其实,每个人心目中都有这样三个爱人,一个是我们青涩的、童贞般美好的初恋,一个是轰轰烈烈的爱恋,一个是不疾不徐、细水长流的婚姻。仅仅经历过第一层爱恋就成熟的爱情是兄妹般的爱情,这种爱情很温暖;经历过第二层爱恋才成熟的爱情是震撼的爱情,这种爱情很难忘;经历过第三层爱恋才成熟的爱情是很戏剧的爱情,这种爱情很浪漫!

老人最后补充说,即使剔除爱情的成分,我仍是一个浪漫的人,我感谢一同陪我走过的每一个人,哪怕是对面而坐,或是公园的长椅上邂逅,我都会对这样一位朋友说,遇上了,我们就唠唠吧。因为,我对生命当中的每一种遇见都充满感恩……

土豆开花

/积雪草

最初的她，像一张白纸一样单纯，没有工作经验，没有职场资历，有的只是初入职场的锐气和满腔热情。大学毕业后，她拿着制作精美的简历以及大学期间发表的文学作品，一路过五关斩六将，顺利地进入这个城市首屈一指的广告公司，应聘广告策划文案，一举成功。

刚到公司时，她被老总安排跟着公司里一个帅哥级人物老邱——其实他还不到三十岁，但大家都喜欢叫他老邱。老邱戴眼镜，喜欢许巍的歌，发型很酷，对她也不错，和颜悦色，但就是不肯教她东西。

午休时，大家在一起闲论公司下一年的计划，他居然支使她去买饮料。他整理文案时，居然支使她去碎纸，收拾乱七八糟的杂物。她来公司两个多月，被他支使得团团转，却一点工作的经验都没有学到。

她气愤难当,跑去酒吧喝酒,跑去找朋友诉苦,恨不能立马辞职走人。大家都劝她忍一忍吧,说不定转过这个坡,前面就柳暗花明。

想想也是,费了很大的劲,好不容易应聘到这家在行业内叫得响的广告公司,怎么能轻易走人? 目前,至关重要的是找到一个平台,把自己的优点和才华发挥出来,在公司里站稳脚跟,再图谋更大的发展。

公司的例会上,老总讲形势、讲业务、讲危机,讲得吐沫星子乱飞,又给公司各部门一一安排了任务,最后终于注意到坐在角落里的像草芥一样不起眼的她,对老邱说:"你带的那个新人怎么样了? 能不能独立完成一个文案?"老邱不看她,几乎是闭着眼睛在说:"她进步很快,应该可以的。"老总听了,满意地说:"把你手上的案子分一个给她做,我相信我们公司个个都是精英。"在掌声中,老邱跟着老总的脚后跟出了小会议室。

她坐在椅子上发呆,鼻尖上冒出虚汗,这个老邱不是瞎说吗? 什么进步很快,他压根就没教她什么东西,跟着他两个多月,只学会了一个勤杂工的本事,还有就是,她的锐气几乎被消磨殆尽。

生气归生气,尽管自己没有亲自做过文案,但毕竟有理论知识垫底儿,又看了很多策划成功的案例,所以她还不是十分惧怕的。

和她想象的一样,老邱把手里那个最难做的案子分给了她。听公司里一个老人说,这个案子老邱前后易了几稿,都被客户否定了,所以他现在名正言顺地把手中那个最烫手的山芋丢给她。

客户是一个很挑剔的主儿，唯一的要求是，花钱少，效果好。这可难坏了她这个新人，明知是一个烫手的山芋，可是却没有选择的余地，除了背水一战，把案子做到精致完美，客户满意，别无选择，因为这关系到她在公司里的去与留。

她花了很长时间，研究客户的背景资料，产品的性能比，参阅了大量的国内外策划成功的案例，花了三天时间写出一个方案，交到老邱的手里。

那天，老邱忙得像一个陀螺，他写的方案又被客户推翻了，心情坏得一塌糊涂，顶着他很酷的发型，心不在焉地扫了一眼她递过去的策划文案，说："做得一般，我再修改下，交上去，看看上面的意见再说吧！"

她忐忑不安地等了一段时间，不见有什么反响，以为这个案子被毙了，她的热情被折磨得一点一点地降至零点，觉得自己也许并不是做广告的材料。

心灰意冷之际，公司的例会上，老总忽然宣布，说客户非常认同老邱的广告文案，创意独具匠心，别具一格，而且那个客户决定跟公司续约。

老邱除了拿到不菲的奖金，还被冠上了公司最佳策划等荣誉。例会上，老邱还讲述了他的创作理念和构思文案的过程，只字没有提到她。

她像吃了一只苍蝇一样难受，冲动得想去找老邱理论，凭什么别人的心血，他眼睛都不眨一下，就占为己有？可是冷静下来一想，老邱是个老人，她是个新人，来公司没几天，谁会相信她呢？

实在忍不下这口气，而且忍下这口气，就等于纵容和认同老邱的卑劣行为，一个人怎么可以这样不劳而获呢？

思来想去，她把最初的思路和策划初稿复印了两份，她给了老邱一份，如果老邱还不承认这个案子有她的心血的话，她打算再把另外一份交给老总。

其实老邱这个人并不坏，公司里的同事谁有了困难，他都热情帮忙，但是不知为什么，对她这个新人却明显地挤对和疏远。

她把复印件交给老邱时，老邱的眼睛里明显有一丝慌乱，但很快就镇定下来，他想不到这个初入职场的小丫头片子会跟他来这一手。

老邱抬起眼睛，从镜片后面看着她问："这能说明什么？"她淡淡地笑了："这说明不了什么，我还有一份同样的复印件，打算下班后交给老总，你觉得怎么样？"

老邱的口气软了下来："公司里有一条不成文的规矩，新人都要给老人交学费，这很正常，我也是这么过来的。"

"到我这儿，规矩要改改了，我不是韩国流传于坊间的绘本《不想上班》里的土豆，只会隐忍和逆来顺受，就算是一只土豆，我也要争取一个开花的机会。你看你自己跟老总说呢，还是我跟老总说？"

老邱叹了口气，无可奈何地说："还是我自己去说吧，你去说肯定要砸掉我的饭碗，你这只小土豆要开花，我这只老土豆也不想冬眠。"

那天下班后，老邱请她吃饭，她原本不想去，但是抵不过老邱一双真诚的眼睛。老邱推心置腹地说："看到现在的你，就像看到当初的我，简直是一个翻版，当初我也像你一样，热情，自信，不服输。这件事情我有错在先，我会找领导处理妥当的。"

两只手紧紧地握在了一起，职场上没有永远的敌人，有的只是协作的关系。

原本很复杂的事情，想不到这么容易就解决了，而且她和老邱成了同事加好友，老邱很欣赏她的胆识和才气，两个人于是有了惺惺相惜的意思。

职场上，即便是一只土豆，也要主动争取开花的机会，争取阳光照耀到自己头上的机会，否则就会埋没。

婚礼上的验钞机

/照日格图

　　周末朋友结婚，我被拉去帮忙。结婚的前一天我从早跑到晚都没有忙乎完。吹气球、搬桌子、扫房子、搬音响、买酒水等琐事弄得我晕头转向。原来甜蜜婚姻是用如此疲惫的前奏引出的。朋友更是累得脸色发青，他说连续一周没睡好觉了。看见我手忙脚乱的样子，朋友有些心疼，说："等这些事都忙完了，兄弟一定大请你一顿。"我无力地摇摇头，说："恐怕等你请我时我已瘫倒在床上，睡觉成了我唯一的梦想。"

　　朋友在一家拥有千余人的大企业上班，光是同事都要摆几十桌才够坐。加上他社会上的朋友又不少，琐碎小事可真把他累坏了。当四十张桌子在我们的安排下，像受阅部队一样整整齐齐地"站"满整个贵宾厅时，朋友的脸上终于露出笑意，掏出手机看了看，说："兄弟，回去睡吧，现在已是深夜。"

我刚进门,朋友的电话就打了过来,说他手忙脚乱竟然忘记找一个收礼金的人。但是谁都知道这活儿费力不讨好,如果在礼金这个环节上出现了任何差错,不但新娘和新郎脸上不好看,就连这几年积攒的友谊也可能玩完。朋友说一连打了好几个电话,他们都推托,没有一个人愿意为他收礼金。最后他想到了我,说:"这个光荣而艰巨的任务只能交给你了,其他人我谁也不相信。"

我当然也不愿意收礼金。就在前几天我为另一个朋友照看他的书摊,不到半个小时里收了一张一百元面值的假钞。我说赔,朋友不让,不赔,我心里又过不去,最后给他买了一个价值一百多元的电吹风这事才平息。但是朋友的声音几乎是在哀求,我的心也软了下来,决定再为朋友跳一次火海。

第二天我起了个大早,去门口的超市买了一个袖珍验钞机,以防不测。一见面朋友就提醒我,前几天他叔叔的儿子过生日,收了三张假钞。我摸了摸衣兜里的验钞机,给朋友一个肯定的微笑,说:"我办事,你放心!"

来参加婚礼的人很多。婚礼吵吵闹闹持续了近三个小时。每收一张钱,我都会趁人少时偷偷验一下,我手里的验钞机没有任何反应才塞进包里。等客人都走完后我们回朋友的新家开始点礼金。朋友朝我笑了笑,从抽屉里拿出验钞机说:"我还是逐一验吧,现在的人都靠不住!"我很扫兴,从衣兜里拿出验钞机往沙发上一扔:"就知道你会这样,我今天是有备而来!"正在此时,朋友的验钞机急促地发出了"嘟嘟嘟"声,朋友拿起那张钱一看,说:"假的!"接着又有另外两张礼金未能过朋友的"安检"。我一看那钱就傻眼了,那三张钱连水印都没有做好,可见是很低级的假钞。

我气呼呼地拿起我的验钞机在假钞上来回扫,没有任何反应。朋友无奈地摇了摇头,说:"你这验钞机哪儿买的?"我说:"早上很匆忙,就从门口的小超市买了一个。"

"你那东西肯定是假的。验假的东西都是假的,看来你的婚礼上也免不了收假钞了!"说完朋友长长叹了口气。

我愣在那里,连叹口气的力气都没有了。

让心灵先到达那里

/崔修建

在美国西部的一个乡村,有一位清贫的农家少年,每当有了闲暇时间,总要拿出祖父在他 8 岁那年送给他的生日礼物——那幅已摩挲得卷边的世界地图,年轻的目光一遍遍地漫过那上面标注的一个个文明的城市、一处处美丽的山水风景,飘逸的思绪亦随之上下纵横驰骋,渴望抵达的翅膀,在那上面一次次自由地翱翔……

15 岁那年,这位少年写下了他气势不凡的"一生的志愿"——"要到尼罗河、亚马孙河和刚果河探险;要登上珠穆朗玛峰、乞力马扎罗山和麦特荷思山;驾驭大象、骆驼、鸵鸟和野马;探访马可·波罗和亚历山大一世走过的道路;主演一部《人猿泰山》那样的电影;驾驶飞行器起飞降落;读完莎士比亚、柏拉图和亚里士多德的著作;谱一部乐曲;写一本书;拥有一项发明专利;给非洲的孩子筹集一笔 100 万美元的捐款……"他洋洋洒洒地一口气列举了 127 项人生的宏伟志愿。不要说实现它们，单是看一看，就足够让人望而生畏了。难怪许多人看过他自己设定的这些远大的目标后，都一笑了之，大家都认为那不过是一个孩子天真无邪的梦想而已，随着时光的流逝，很快就会烟消云散的。

然而，少年的心却被他那庞大的"一生的志愿"鼓荡得风帆劲扬，他的脑海里一次次地浮现出自己畅快地漂流在尼罗河上的情景，梦中一次次闪现出他登临乞力马扎罗山顶峰的豪迈，甚至在放牧归来的路上，他也会一次次沉浸在与那些著名人物交流的遐想之中……没错，他的全部心思都已被那"一生的志愿"紧紧地牵引着，并让他从此开始了将梦想转为现实的漫漫征程……

毫无疑问，那是一场壮丽的人生跋涉，也是一场异常艰难的无法想象的生命之旅。他一路豪情壮志，一路风霜雪雨，硬是把一个个近乎空想的夙愿，变成了一个个活生生的现实，一次次地品味到了搏击与成功的喜悦。44 年后，他终于实现了"一生的志愿"中的 106 个愿望……

他就是上个世纪著名的探险家约翰·戈达德。

当有人惊讶地追问他是凭借着怎样的力量，让他把那许多注定的"不可能"都踩在了脚下，让他把那么多的绊脚石都当作了登攀的基石时，他微笑着如此回答道："很简单，我只是让心灵先到达那里，随后，周身就有了一股神奇的力量，接下来，就只需沿着心灵的召唤前进好了。"

"让心灵先到达那里"，约翰·戈达德道出了一个令人深思的哲理——在人生的旅途上，能够最终领略美妙风景的，必然是那些强烈渴望登临并为之不懈跋涉的追寻者。是心灵的渴望,开阔了求索的视野;是心灵的飞翔,催动了奋进的脚步;是心灵的富有,孕育了生命的奇迹……一句话,欲创造人生的辉煌,需首先让心灵辉煌起来。

如此,请我们记住一位并不著名的诗人著名的诗句——"目光无法抵达的远方,我们拥有心灵。"

第四辑

为你打开一扇温暖的门

做自己的预言者

/梁阁亭

　　1972 年,梁容银出生在韩国济州岛一个贫苦家庭,一家人靠着父母给一个柑橘园干活来维持全家 12 口人的生活。家里 8 个孩子中,他排行第 4。很小的时候,他就跟着父母一起下地干活,太阳很强很刺眼,活很脏很累人,他的皮肤被晒得黑黝黝的,但他很懂事,既不偷懒也不抱怨。

　　因为身体匀称健美,梁容银从小的梦想是成为一个健美先生,并且拥有一家用自己名字命名的健身房。为了梦想,他每天去准备和练习,吃了很多苦。但命运似乎有意和这个年轻人开了个玩笑。17 岁那年,他的膝盖严重脱臼,没有办法再专业练习健美了。接下来干什么好呢? 为了生计,他曾经开过挖掘机,也卖过水果,修过公路。有一天,他在别人家的电视上看到一个美国人轻轻地挥动水中的球杆,白色的球沿着美丽的弧线穿过湖泊,滑过草地,然后滚入一个圆洞。

那一刻,他的梦想再一次被撩起,再也不曾平息。他记住了这项运动的名字:高尔夫。

梁容银风尘仆仆地赶到济州奥拉乡村俱乐部,对经理金英昌说自己可以不要钱为俱乐部工作。尽管没有收入,但是可以在那里吃饭和睡觉,并且可以练球,他很满足。第一次接触到高尔夫,梁容银的内心既激动又紧张。他在工作之余,从零开始练习。开始打球的时候甚至没有教练,他就通过看电视中的比赛模仿比画,自学成才。当最后一个客人离开练习场之后,梁容银才能开始进行训练,苦练高尔夫挥杆姿势和力度。当时的练习场还没有夜间照明,他就自己拉来了探照灯,一直练习到深夜。

当时,他的父亲梁韩俊对儿子从事"贵族运动"很是反对:"我不知道高尔夫是什么东西,但我知道它打不出粮食。"但认准了就不回头的梁容银拒绝了父亲要他回去种地的要求,"我不会像父亲那样生活,我要追寻自己的梦想。"他一脸坚毅。因为生活窘迫,他甚至不能举办一场像样的婚礼迎娶新娘,但他并不后悔,他相信有一天梦想会照进现实,自己会成为一名优秀的高尔夫球员。

1997年,梁容银考上了职业高尔夫球员。这一年,美国的一位天才高尔夫球员也由业余选手转为职业选手,那就是从美国贫民窟长大的黑人孩子泰格·伍兹。经过长期的努力,泰格·伍兹第一次踏上了"白人至上"的美国传奇球场奥古斯塔——这个曾经蓄养黑奴的大庄园,并以破32年纪录、低于标准杆18杆的成绩夺取了大师赛的冠军,世界排名攀升到第一位。那年泰格·伍兹才21岁,震惊了高尔夫界,大家用谐音叫泰格·伍兹为"老虎"。

同样在这一年,金大中被推选为韩国总统。从金大中上台后的一次演讲中,梁容银知道了金大中从小家里很穷,但他困顿之中不坠青云之志。上中学时,15岁的金大中每天打扮得优雅得体,干净利落,出门前照照镜子,对自己笑笑,为自己加油:"我要成为韩国总统!"58年后,73岁的金大中实现了自己的梦想。

听完金大中演讲,梁容银为自己确立了更具体的新目标,那就是"梁容银要打败老虎伍兹!"他把这个秘密深深隐藏在内心深处,但每天起床,他都会把这个秘密大声地对自己说上3遍,自我暗示,自我激励。他设想着各种情况,并为此制定了各种长期策略。

也许世界上真的没有不可能,起码在梁容银的人生词典中没有。十年磨一剑,在制定这个"似乎不可能完成的任务"整整10年之后,2007年汇丰高尔夫冠军赛上,梁容银成功阻击老虎伍兹,实现了个人夙愿。2009年8月17日,37岁的"打虎将"梁容银在第91届职业高尔夫锦标赛上再次打"虎"成功,最后一轮从落后2杆追起。伍兹前12洞打出超标准2杆的战绩,结果让梁容银与自己并驾齐驱。第14洞成为全场比赛的转折点。梁容银在果岭外的一记长切杆,球直接滚进洞中,抓到了一个难得的"老鹰"(低于标准杆2杆)。伍兹此洞虽也拿到了一个"小鸟",可他的领先优势却被梁容银夺走。此后,梁容银稳扎稳打,完美的表现没有给伍兹留下一点反扑的机会,最后以280杆、低于标准杆8杆的成绩夺冠。最终以3杆优势击败同组的世界第一老虎伍兹,夺取了美国

PGA 锦标赛桂冠。梁容银在实现职业生涯第一个大满贯赛事胜利的同时,也为亚洲赢得了第一个大满贯赛事胜利。梁容银成为两次击败"世界第一"的亚洲第一人!

消息传回韩国,韩国举国欢庆,将梁容银誉为"民族英雄"。同时,韩国高尔夫球阴盛阳衰的局面从此也彻底改观(韩国的 7 位女子选手已累计赢得 11 场大满贯赛事冠军)。韩国总统李明博第一时间打电话向梁容银表示祝贺,感谢他为国家立了一个大功。

梁容银是他们一家唯一在济州岛之外生活的人。"我的人生节奏很缓慢。我总是一次迈一步。10 年、20 年,努力的人终究有战胜第一的机会。态度决定一切,没有什么人是绝对不可战胜的。所谓冷门,总是留给那些有准备的人。"击败伍兹后,"草根英雄"梁容银一脸微笑,平静淡定,在他的内心,胜利是理所当然的事。历史总是不断被奇迹般地改写,这也恰恰是运动的魅力所在。其实,每个人都是自己的传奇,并且是靠自己的坚强信念和不懈努力来加以实现。

做自己的预言者,只要你相信,奇迹总会发生,让我们用生命去体验,用奋斗去见证。

黑夜中的母亲

/一路开花

夜幕缓缓地从星辰的眸子里散开。所有在阳光里丧失了寻找机会的星星,终于气喘吁吁地探出眼睛,慢慢搜寻,这温暖的尘世中,还有一些什么值得它们次夜再临。

清辉里,一位男孩儿紧紧抓住了母亲的大手,他的思绪像大风一样在野外的路上狂奔。恐惧成山野里的荒草,卷裹着他,让他看不清前行的方向。他需要母亲的手,温暖,宽厚,使他在寒冷而又漆黑的夜里,瞬间得以安定。

他知道,不论前方的路途怎样,母亲一定不会松开他那双无助而又柔弱的小手。于是,他只管好奇地问:"妈妈,到了吗?到了吗?"

我看不清这位母亲的脸庞,黑夜让她隐去了身形,可我坚信,此时,她的神色只有一种,她的回答,也只有这一类:"快到了,别急,孩子。你要是困了,妈妈就背着你,你靠着我睡。"男孩儿真困了,那么长的路,那么黑的夜,他细碎的步子往往要小跑起来才能跟上母亲的速度。

他轻靠着母亲的后背,在寂寥的星辰中沉沉地睡去。母亲双手向后,用手腕担住孩子的大腿,用手掌托住他虚空的屁股。慢慢地、艰难地在黑暗的路途中前进。

母亲曾是一位少女。她曾和男孩儿一样,惧怕黑夜,惧怕未知的世界。可此时,她却不知为何,心里竟没有了当年的惶惑和惊恐。她需要放慢脚步,哪怕这条路会因为她的迟误而变得漫长。她害怕的不是黑夜,而是黑夜里的石子,危险会让她猛然摔倒,伤及此刻正在背上甜甜睡去的男孩儿。

她的步履变得越发沉重而又缓慢。她累了,像男孩儿入睡前一样,睁不开眼睛,手心里溢满汗珠。她努力闭上嘴巴,用鼻孔呼吸。这静谧的夜啊,谁知道前方有什么东西。她生怕自己厚实的呼吸会引来一阵黑暗中的猎犬狂吠。那么,男孩儿势必会从梦中恍然惊醒,泪水决堤。

她不害怕男孩儿的哭泣。她害怕的是男孩儿的惊慌,抑或男孩儿对黑夜的恐惧。她想要男孩儿勇敢些,于是,她就必须全面考虑。她不能因为一时的舒畅,而给男孩儿造成童年的阴影。她不希望在很多年后,男孩儿仍旧记得,在这条漆黑的路上,他曾被莫名的吠声吓醒。

母亲所想要给男孩儿的,永远是温暖而又恬静的记忆。她腾出一只麻木的左手,捋了捋额前被大汗浸湿的乱发,站在原地,缓缓地弯腰,将男孩儿朝自己的背上抽了抽。而后,又缓缓地抬起身子,朝着前方的路,艰难而又镇定地前行。

母亲在一盏亮着橘黄小灯的屋前停住了脚步。她没有放下男孩儿。男孩儿是在翌日的晨光中安然醒来的。他不知道昨夜母亲的心中所想，他习惯了这样的夜。

很多年后，即便日光散淡，母亲也只能一个人走过那条荒凉的小道。因为，此刻的男孩儿已然长大，而他的背上，也同样背着一个人，或是女儿，或是妻子。

母亲没有伤悲，仍旧为男孩儿时刻准备着后背。因为再漫长的黑暗中，都必须要有母亲的手。那是孩子的需要，人性的归属。同样，也是人世温暖的源泉。

青春的前轮与后轮

/一路开花

　　同桌拉起我拼命往走廊上狂奔的时候，我正捏着毛笔在课桌上写字。新买的素色衬衫瞬时成了一张无辜的宣纸，无数浓淡相宜的墨点，如同雨中湖镜上的波面，一层层晕了开来。

　　我擒住同桌，恶狠狠地骂：你疯了吗？臭小子，你看见我穿新衣服成心妒忌，是吧？同桌一边十万火急地继续拉拽，一边焦急地说道：快走，快走，去晚了，可就看不到了！

　　结果，那个热汗淋淋的正午，一向以吝啬闻名的我，竟再不去追究同桌对白衬衣所犯下的滔天大错。我终于见到她的模样，在熙攘的走廊上。

　　微风从花园的深处吹来，似乎携卷着月季的芬芳，而此刻正与同桌扭打的我，显然没有料到，曾让我一度提及的她，会从昏暗的拐角处盈盈踱步走来。猝不及防的袭击，让我有些恍惚与狼狈。我在人群中故作冷漠地看着远方，但有限的余光,却一刻也不肯离开她随风摇摆的裙裾。

她的笑声如窗前的风铃一般悦耳,极碎极碎,像在晨曦中微微摇晃的波浪,又像白鸽飞越头顶时的呜呜轻响;背影如同一幅隐约见过的俄罗斯油画,色彩浓重而又凄迷惆怅,像她在校报上写过的小诗,又像她在暮色中朗诵的手稿。

我开始了漫无边际的驰骋。因为这一面,我心甘情愿地成为同桌的小秘。似乎在很长很长一段时间里,我一直对着校报上不停出现的短诗说,要是能让我见到这位女生,那该多好!我也是爱诗的,但与她比较起来,似乎所写之物总有才情稍逊三分的无奈。

广播站的投稿箱里,空了许多时日。我想,如果我给她写一段散文,或者一封诚挚的信,她是否会于漫漫流光中细细摊开,对着冰凉的话筒吟诵,并感谢我的厚爱与支持?怀有这样的期盼,我开始了自觉崇高的写作生涯。

我将初写的散文,一改再改,最后用淡蓝的信纸誊抄,小心翼翼地投进了信箱。那些日子,昏暗而又充满光明。我和同桌有意无意地在放学的人群中走散,目的,只是为了奔入一个幽僻的角落,安静地等待着她的声音,从树叶的缝隙中刺透过来,袅娜地,笼罩我一身。可遗憾的是,关于我写给她的那些散文和稍有爱意的感谢信,她自始至终都不曾念过,亦不曾给我回信。

后来,我才想起,她即便想给我回信,大抵也是有心无力,因为我从来都不敢将姓名与确切的地址留在文末。我没有告诉同桌,有多少个黄昏,我都在默默等待着她的声音。那是一种抚慰,一种期盼,一剂专赐少年疗愈心伤的圣药。

　　我怎么也不曾想到，与她的第一次见面，竟是站在纷乱的人群中。她一定认不出，面前这个手捏毛笔，一身墨点的冷傲少年，就是昔日为她书写文章的无名之辈。

　　她高我一届，读了文科。于是，我在分班选科时，便义无反顾地选了文科。她骑粉红的自行车，六点回家。如此，我便又更改一切作息，仓皇而又忐忑地在马路边的报刊亭等她，一路护送。她爱吃海鲜，尤喜大虾。故此，打小便惧鱼腥的我，拼了命地学吃麻辣小龙虾……

　　我走她走过的路，听她放过的歌，看她念过的散文。可这一切，她显然都不知道。她更不明白，为何身后不远处，总有一个少年，在暮色时分，默默地跟着她一直到家门前的小巷。兴许，她根本就不曾注意到，这世界上，真有这么一个执拗的少年。

　　很久很久之前，我就打算，要去告诉她，我有多么多么喜欢她，因为她，一度陷入文学的汪洋，不可自拔。但事实上，直到她高考离校，倏然消失，我都不曾对她说过类似这样的话。

　　十八岁的秋天，我在幽僻的角落里坐了许久许久，直到夜幕缓缓降临，我才恍然大悟，自己再也听不到她的声音了。永远，永远地与她告别了。

　　一股呼啸的哀伤掩埋了我。我终于觉察到了一个人自娱自乐的悲凉。在清冷的马路上，一辆粉红的自行车，携卷着落叶，呼啦啦地穿过了身旁。

　　其实青春，不就是这飞转而去的前轮与后轮？成长在前，你在后——前轮带领着后轮的梦想，而后轮又为前轮增添着展翅呼啸的力量。

每朵云都是一张亲人的脸

/朱成玉

云,就那样飘来荡去,自由自在地在天空玩耍。有时候变成一朵最妖冶的花,闪着夺目的光华;有时候变成最薄的宣纸,等着诗人去泼墨挥毫;有时候变成最轻的羽毛,扇动起怀念的微风;有时候变成最软的雪,覆盖着一些你爱的名字。

一块干净的风,轻拭她的额头,是在探测她的体温吗?云是最高处的慵懒的鸟,栖息在天空的胸脯,无比快乐。

这个下午,我伏在窗台上,看见了云,沉重的心变得轻盈。忽然间想在云的信笺上写封家书,亲人们,你们好吗?

小时候,总喜欢和哥哥姐姐们躺在高高的柴垛上,等着父母下班回家。愚钝的姐姐总是不厌其烦地去拨快座钟的时针,让它尽快走到那个幸福的时刻。这掩耳盗铃的把戏一度让她美滋滋地等待,又一次次失望。"这钟怕是出毛病了,总是走错点呢。"父亲一边调试钟点,一边有些狐疑地望着我们。这个时候,姐姐就红了脸,低下了头。她以为她操纵了一座钟表,就能左右了时间,控制了岁月,我可爱的傻姐姐,那样,青春便不会从你身上掉落,你也不会远嫁他乡,我们也就听不到你在电话那边的哭泣。我们也可以永远相守在青春年少的花园里,捉我们永远也捉不完的迷藏。

那些傍晚的时光,我们一边望着天上的云朵,一边数着路上的车。哥哥拿着一张很大的烙饼,路上过来一辆马车,他就为我们揪下一小块,过来一辆自行车,就揪下更小的一块,路过一辆汽车,就扯下很大的一块。那个时候的车很少,一张烙饼够我们吃一个下午。我们哼着童谣,猜着谜语,用这样的方式等待着亲人的归来。那时的天空,蓝得像海水,云朵洁白得像刚出生的婴儿。

更记得少年时在姥姥家的情形。姥姥家在乡下,姥姥是个驼背的小脚老太太,对我宠爱有加。每次见面后,都要先为我煮上两个新鲜的大鹅蛋。走的时候,更是千叮咛万嘱咐,总以为我走出她的视线之后,就变成了摇摇晃晃的弱不禁风的草。当我听完了她的叮咛走出不到十米,她就会又赶着小脚上来,再想些嘱咐的话让我记着。比如哪一段的路上有积水别在那里玩,哪里的墙快倒了走时离它远点,常常让我哭笑不得的是听完她的话我都觉得要寸步难行了,不过不听也仍是难行的,因为当她这样三番五次叮嘱完后,我走出更远的距离以为终于轻松了的时候,她总是又在身后气喘吁吁地喊我的名字。有时只为了看看我的包带是否结实,有时只为了把前几分钟里的话再重说一遍。而回望她青灰瘦小的背影远到似乎从未在田埂上出现,我却还是不能确定她会不会再突然追赶上来。或者因为我怕走得远了让她追得更辛苦,我开始在那个地点磨蹭,踢踢土疙瘩,或是查看身边地里都长的什么秧苗,抬头看着天空上的一朵朵云,仿佛每一朵都是亲人的脸。直到天快黑了,时间久到可以确定她是不会再来了,这才放心地迈开双腿在荒凉的野径上狂奔,去赶通往城里的最后一班公共汽车。那个时候,我不怕摔疼,我怕心疼。

一片叶子打到我的脸上,绊倒了我从遥远的地方一路走来的回忆。你看,我还是经不起眼前一粒尘埃的触动啊!那么愣愣地伏在窗台上看云的日子,让我重新年轻过来。一颗童心,原是一刻都没有离开过的,只是被我藏匿了太久。

快速而紧张的现代生活让我遗忘了我的云朵,唯一的一点诗意被逼得走投无路。洁白耀眼的云朵,就那样做着我们灵魂上的补丁,默默慰藉着我们在人世左奔右突的尘心。

我们在低处奔波劳碌,背井离乡,云却在最高的地方怀念亲人。

周末,领着孩子去郊游,顺道让她背了画板练习写生。女儿喜欢画云彩,拿着画板像模像样地画了起来,把大朵大朵的云搬运到她的画板上。女儿画的云朵都很鲜活,栩栩如生。一边画,一边对我们说,这朵云是奶奶,因为它生满了皱纹;这朵云是妈妈,因为它一挤就要流眼泪;那朵云是爸爸,因为他高高在上……

女儿是带着爱来画那一朵朵云的。在她看来,那些云,每一朵都是一张亲人的脸。不管它变幻成哪种姿势,哪种容颜,无法更改的,始终是一张张亲人的脸。

冬日里的那一缕温暖叫永远

/崔修建

那时已是深冬,他和几位工友还留在北方一座城市里,焦急地等待着一年的辛苦打工钱。几个人兜里的钱越来越少,他们的伙食差到了极点,每天吃的都是低价买的有霉味的陈米,菜则是从市场上捡回的发黄的菜叶和菜帮,放一点儿盐煮一煮,一点儿油水也没有。有人实在熬不住了,便带着深深的失望回去了,最后只剩下他和另一个年轻人在苦等着。

一天早上,他照旧去市场上捡菜叶时,碰到几个外省的打工者,从他们无所忌讳的交谈中,得知他们常常到附近居民楼的楼道里偷一些人家储藏的过冬菜。听他们说得那么轻松,就像拿自家的东西一样,他的心立刻被撩拨得痒起来。

回到栖身的阴冷的工棚,他跟那个正愁眉苦脸的同伴一说,同伴的眼睛也亮了起来,难熬的苦日子让两人也不去多想什么后果了,只盼着夜晚早早来临。晚上十点多了,天空飘起了稀稀落落的雪花,他和同伴互相鼓动着朝附近一栋高校教师宿舍楼走去。

很快,他们就在一个单元的五楼楼梯口,发现了住户储存的白菜、土豆和酸菜等,他们慌乱地装了一袋土豆,又拿了一串咸萝卜干,便急忙往楼下跑。毕竟是第一次做这种事情,他紧张得心脏都要跳出来了,他的同伴更紧张,跑到二楼时竟一脚踏空,顺着楼梯滚了下去,藏在怀里的土豆也撒了一地。偏偏这时,又从外面进来几个人,他们慌张地夺路要逃,他手里的咸萝卜干也掉到了地上。一位妇女正好推门出来,一见他们那心虚的眼神和他手里的咸萝卜干,恍然大悟,高着嗓门喊道:"好啊,这回可抓住你们了! 都说这几天楼里闹小偷,放在楼道里的东西丢了不少,原来是你们干的。"

"我们是第一次来这里,以前不是我们偷的!"他争辩着,眼泪都要急出来了,心里直后悔今晚不该来。

听到吵嚷声,又有人从屋里出来,开始七嘴八舌地批评他们不该偷东西,有人还要打电话叫派出所来人把他们带走。这时,五楼一位刘老教授走下来,仿佛很熟悉似的对他们说:"原来是你们俩啊,怎么才走到这儿? 我给你们拿的菜呢?"

"刘教授,您认识他们?"那位大嗓门的妇女一脸的惊讶。

"是啊,他们是我乡下的亲戚,在附近的建筑工地打工,我刚才给他们拿了一点儿不值钱的菜。"刘教授微笑着向众人解释道。

"哦,原来是这样。"有人开始不好意思了,有人小声嘀咕："看他俩那憨厚的样子,也不像是小偷,差点儿错怪人家了。"说着,人们便四下散去了。

"谢谢您,先生。"他感动得眼泪都要流出来了。

"不用谢我,我知道你们肯定有难处才来这里的。但是,我要告诉你们,无论多么难,都不要做错事。"刘教授把那个"错"字咬得很重。

"我们记住了!"两个人一起大声地回答。

"先把这一百块钱拿去花吧。"刘教授拉住他的手。

"不,不,您没有把我们当小偷看待,还认我们是亲戚,我们就感激不尽了。"眼前这位慈眉善目的刘教授,让他想起了故乡的祖父。

"拿着吧,小伙子,要不就算是我借给你们的吧,谁让我们是亲戚呢。"刘教授微笑着,不容推辞地将钱硬塞到他的兜里。

"您为什么要这样帮我们呢?"他激动得手颤抖着。

"因为我知道,有时一点点的善,就能久久地温暖一个人,而一点点的错,也会毁了一个人。你们还这么年轻,今后的人生还长着呢。"刘教授最后一句话特别加重了语气。

"没错,就是那个冬天的夜晚,因为遇到了刘教授,我对那座城市和人生都有了新的认识,我不再抱怨人情冷漠,不再因为个人的得失而迁怒社会和他人,而是更多地带着爱意生活。"他在向我讲述上面的故事时,眼睛里流露着真切的感动。他告诉我,后来的日子无论多苦多难,他都咬牙挺过来了,再没有产生过一丝的邪念,因为他始终铭记着刘教授那温柔的目光和慈爱的叮嘱……

听了他的讲述,我的心似乎也被什么东西撞了一下——是啊,行走在茫茫人海中,我们每个人都需要爱的馈赠与接纳,尤其来自陌生人的真诚的爱,哪怕是极微小的一点点,或许仅仅是一抹热情的微笑,或许只是一句贴心的安慰,或许只是举手之劳的帮助,都可能久久地温暖一颗心灵,都可能因此诞生许多美好、温馨的情结。

我相信,冬日里的那件小事,就像头顶和煦的阳光一样,会带给我们久久不散的温暖,让我们真切地感受到生活中的真、善、美,感受到爱的神奇与伟大……

第五辑

每朵阴云都是阳光的心

新闻界第一夫人

/一路开花

1920 年,海伦·托马斯出生在肯塔基州的一个移民家庭。家里共有 9 个孩子,而她,则排行老 7。尽管父母一字不识,海伦还是无法消减自己本身对文字的莫名情感。于是,12岁那年,她在班里大声宣布,长大后一定要成为一名出色的记者。

从韦恩州立大学毕业时,海伦 22 岁。她以探寻堂姐为由,义无反顾地留在了华盛顿。她知道,若要实现心中坚定不移的梦想,就一定得驻足在这个以政治为根本的城市。

她怀着无比激动的心情,开始了第一份工作。虽然,这份工作仅仅是在华盛顿每日新闻报社里打杂,但她知道,只要自己努力坚持,就一定会成为报社记者。

事如所愿。几年后,她终于凭借自己的努力,成为该报社的一名普通记者。遗憾的是,她还没来得及为这样的现实欢欣鼓舞，便不幸碰上了报社大幅裁员。毫无疑问，没有任何业绩的她，遭到了无情的解雇。

生活陷入一片混乱的海伦，并没有就此放弃自己的梦想。她一直在默默坚持，等待某个机会成熟。直到 1960 年，肯尼迪当选总统，海伦才被调入合众社白宫记者站，开始了让她璀璨一生的事业——白宫报道。而此年，海伦已满 40 岁。她的眼角开始爬上细密的鱼尾纹，秀发也逐渐失去了少女时代的光泽。

她以为，她就此便可以进入白宫，参加举世瞩目的记者招待会。可事实上，那时，白宫根本不允许女记者参加任何重要的记者招待会。一次，海伦瞅准了机会向肯尼迪抗议："如果作为美国合法记者的我们都不能参加的话，那么，你也不应该参加！"海伦的义正词严，立刻得到了无数女记者的高声呼应。

迫于无奈，肯尼迪不得不同意，女记者也可以参加白宫举办的记者招待会。从此，庄严肃穆的白宫内厅，涌现出了越来越多的女记者。

之后的许多年里，海伦几乎总是第一个站起来向总统发问的白宫记者。她的问题，更是以刁钻古怪、一针见血而闻名。正因如此，1975 年，她毫无悬念地成为白宫记者团的团长。

每次参加面向全国现场直播的记者招待会时，这位白宫记者团团长就会神情肃穆地戴上两只手表，以便把时间准确地控制在 30 分钟以内。时间一到，不论采访是否结束，她都会理直气壮地站起来宣告："谢谢你，总统先生。"

一次,里根在白宫记者招待会上遭遇了尖锐问题的狂轰滥炸,他艰难至极地应对了 25 分钟后,终于忍不住,冷汗涔涔地扫了一眼海伦,眼神似乎是在求救:"可以结束了吗?"海伦对了对表,然后摇摇头,坚定地告诉他:"总统先生,还有整整 5 分钟!"

站到白宫新闻发布厅的讲台上时,面对这个睿智的女人,总统肯尼迪可能已经让助手们事先帮他预测好了会场上可能出现的 90% 的提问;总统尼克松想必已经浏览过各种重要文件的摘要,一副成竹在胸的模样;总统卡特的手稿上也许已经备好了当年各界的所有事件和数据;总统里根则可能紧张得手足无措,语不成句,即使在戴维营休假也不忘"时时练习"……

《华盛顿邮报》曾对海伦如此评价:"不用怀疑,40 多年来,当这个女人走近时,总统们就会发抖。她有刀子似的舌头和利剑般的智慧。"海伦在她的新书《民主的看门狗》中,作此回答:"多年来,我总有机会质问这个国家最有权力的公仆——美国总统。我承认,对这个职位我抱有敬畏,可并不是对占据这一职位的那个人……"因为,"我们的职责不是去敬仰一个领导人多么德高望重,而是不时地把他们搁到聚光灯下,看看他们是否有负民众信赖。"

这位言辞犀利,连续向九任总统发难的女人,不但没有失去应有的光环,反而让总统们对她越发敬重。

1984 年,里根在她获得美国新闻俱乐部"第四权利奖"时,致以贺词:"你不仅是一个优秀的、受尊敬的专业人士,你也已经成为美国总统的一部分。"

1995 年,海伦 75 岁生日。当政总统克林顿前来贺寿,并赠送其一份尤为珍贵的礼物——为时 15 分钟的独家专访。

1998 年,白宫记者团在政府的支持下以她的名字设立了海伦·托马斯终身成就奖。她成为第一位获此殊荣的女记者,也成为全世界名副其实的"新闻界第一夫人"。

这世界不管如何地物欲横流,权贵交错,其实永远都不会忘记那些一直在努力发出真实声音的人。

抬起头，看到满天星星

/梁阁亭

　　在美国俄亥俄州阿克平原市的贫民窟里，私生子詹姆斯刚一出生就意味着要活在别人的白眼中。母亲格里亚·詹姆斯 16 岁就生下他，在生下儿子之前，她是贫民窟公认的坏女人。詹姆斯不知道自己的父亲是谁，母亲从来没有提起过。从记事起，没有孩子愿意和他一起玩，他们一边喊着"打死你这个没有爸爸的野孩子詹姆斯"，一边远远地朝他身上扔泥巴。他一边左右躲闪，一边狼狈地朝后退，结果一下子掉进背后的臭水沟里，全身又湿又臭。在孩子们的一片哄笑声中，他使劲地低下头，蜷缩着身子，双手抱头，泪水混着脏水，从脸上啪啦啪啦地往下滴。

　　这样的欺侮每隔几天就会上演，他只是别人眼中的小丑和笑料。随着年龄的增长，詹姆斯骨子里的自尊开始慢慢滋生。终于有一天，当一个白人中学生用满口脏话"问候"他的父母时,忍无可忍的詹姆斯爆发了,他握紧了自己的小拳头。尽管他年小力弱的拳头砸在别人身上软绵绵的,但却吹响了他迎接挑衅的号角。高出他一头的白人学生的拳头无情地落到他的头上。这一次,詹姆斯没有感到害怕,他高高仰起头,无畏地用自己所有的力量去回击。中学生害怕了,朝他扔了一块小石头,然后跑了。詹姆斯感到自己脸上火辣辣地疼,一摸原来是血,那块石头击中了自己的额头。血顺着他的脸往下流,他也不去遮掩和擦拭。那一刻,他甚至有些高兴:原来自己身体里的血液也是鲜红的,和其他人一模一样,自己并不低贱。

那天晚上,詹姆斯久久难眠,他觉得自己白天做了一件勇敢而伟大的事。他翻开一本故事书,看到了这样一个故事。古老的战争年代,一个女人到沙漠中去探望军营中的丈夫。不久,丈夫被派出差,剩下她一人。看着满地的黄沙,孤苦难耐之下给家里写信倾诉。父亲的回信只有两句话:"两个人从监狱往外看,一个人低头看见烂泥,一个人抬头看见星星。"詹姆斯眼前一亮:基因、肤色和环境也许无法改变,但你可以左右自己的心态和行动。他翻身下床,兴奋地在本子上写下:"用勇气面对现实,正视不公,迎接挑战,做真正的强者和英雄。"

从第二天起,詹姆斯开始拼命地学习,拼命地奔跑,拼命地训练力量。他的个子就像戈壁滩上的小白杨一样,向上不断伸展,朝着梦想的方向。一起成长的,还有他的勇气和智慧。直到有一天,他在电视上看到了高高跳起扣篮的"飞人"迈克尔·乔丹,他的内心有了一条笔直的人生道路。詹姆斯开始疯狂爱上了迈克尔·乔丹，爱上了 23 号，爱上篮球，他的墙上贴满了飞人乔丹的所有海报。14 岁时，他身高就已经达到了 1 米 93，肌肉也发育得非常强壮。

走出苦难，他的人生翻开了另一副牌，写满辉煌与奇迹。2002 - 2003 赛季，他带领俄亥俄州的圣文森特圣玛丽高中篮球队取得 25 胜 1 负的惊人战绩，参加了 4 次高中联赛，3 次获得州冠军，高中时候的詹姆斯就当选了美联社的"俄亥俄州篮球先生"。2003 年 NBA 联赛上，克利夫兰骑士队毫不犹豫地选中了"状元秀"詹姆斯。他成为迄今为止唯一一个在高中时就引起全美关注的球员，是第一个被 ESPN 做人物专题介绍的高中球员，也是第一个在还没有进入 NBA 就拥有了一份天价赞助合同的球员。湖人资深教练杰克逊甚至断言"他将是联盟中 50 年难得一遇的旷世奇才"。

他就是篮球王国里的小皇帝勒布朗·詹姆斯。现在的詹姆斯已经是克里夫兰骑士队的绝对核心，在 2006 - 2007 赛季当中，小皇帝率领骑士队一路杀入 NBA 总决赛，2007 - 2008 赛季季后赛，他率领骑士队打到东部半决赛，经过 7 番苦战，最终憾负给总决赛冠军凯尔特人队。22 岁的他第四次入选了全明星阵容，并获得 MVP，成为最年轻的全明星赛最有价值球员。2009 年，詹姆斯荣登常规赛最有价值球员。2010 赛季，看着场上小皇帝詹姆斯霸气十足的 0.1 秒绝杀和王者风范的仰天长啸，你会明白总冠军才是这个曾经饱受冷眼的追梦青年内心真正的梦想。

只有抬头，才能看见满天星星；只有行动，才能追逐梦想；要自尊、自信，要相信自己，其实你的血液和别人一样鲜红。你不勇敢、不积极、不快乐的话,那你就在心中设置了一座监狱,自己给自己判了无期徒刑。

只要心路不被迷雾遮住

/崔修建

　　一位年轻的大学毕业生，在一个陌生的城市，几度求职均告失败，兜里的钱几乎花光了，连公共汽车的车票也买不起了。这时，热恋的女友又突然离他而去。一连串的挫折，让他陷入了巨大的沮丧之中，他一度感到前路茫然，活着实在太累。

　　心中犹存不甘的他，决定再做一次努力，赶赴一家大公司的招聘考试。但那天早上起来时，弥漫天地间的一场大雾，已把整个城市紧紧地包裹起来了，人们的出行严重受阻。

　　站在能见度极低的一个十字路口，看着打着灯缓缓而行的车流，他心里尽管十分焦急，却不敢向前迈步，生怕撞上什么或被什么撞上。

　　正手足无措时，一个小女孩走到他身边，热情地拉起他的手："让我来带你过马路吧。"

他感觉小女孩很有意思，应该是他带着她过马路的，现在她却……但他还是受了感动，牵起她的手。让他十分惊讶的是，小女孩没有左顾右盼地四下张望，而是轻松自如得像入无人之境，带他连着穿过了两条马路。

得知他要去那家公司，小女孩高兴地说他们正好同路。于是，像一对亲密的兄妹，两人拉着手，快乐地穿行在雾霭之中。快到那家公司门口时，他才惊诧地发现——引领自己穿过浓雾、走过大街小巷的小女孩，她的眼睛竟然没有一点点的视力。

对于他的疑惑，先天失明的小女孩开心地笑着解释道："我是眼盲心不盲啊，我的眼里没有迷雾，我的心里也没有迷雾，自然会轻松自如了。"

小女孩的身影已融入了还未散去的浓雾中，他的心里却霎时涌入了一线光亮——是啊，只要拨开遮住心灵的迷雾，眼前自然会涌现一片光明，努力地朝前走去，就会走出一条大路……

于是，他第一次那样自信地走进了招聘考场，第一次自如地把自己的优秀真实地展示出来。结果，他如愿地加入了那家大公司，并且由此开始成为那座城市里的一位杰出的成功人士。

多年以后，面对几个抱怨人生不如意的年轻人，他深情满怀地向他们讲述了当年那个带他穿过浓雾的小女孩的故事。末了，他由衷地感慨道：其实，漫漫人生路上，难免会弥漫一些意料不到的浓雾，一时间遮住目光和心灵。这时，最关键的是要学会拨开遮住心灵的迷雾，在心里画出一条清晰的路。那样,眼前就会突然一亮,所有的迷雾都会因坚定的跋涉而最终退去。相反,如果心里的路被迷雾遮住了,纵然有再明亮的眼睛,也会茫然无措的。

明天依然会有蜜蜂飞来

/李丹崖

他真不想动手，实在是因为那帮人欺人太甚，每天都把他堵在巷子里拳打脚踢一番，他忍无可忍，在一个雨夜，他跟踪了那帮人当中的一个头目至其家大门前，趁其不备，他举起了手里的扳手，那人倒下了，第二天，他被警察带走，因为恶意伤人，致人重伤。

他被判了五年，一想到这五年当中他都要守着冰冷的牢门和墙壁度日，他心里就像灌了黄连汤，然而，就在这时候，他心爱的女友也离他而去，跟别人结了婚，他痛不欲生，于是想到了死。

同样是在一个雨夜，趁看守不在，他一头撞在了监狱的墙上，轰地一下，他就失去了知觉。那一瞬间，他以为这下肯定永久地解脱了，哪知道第二天，他又睁开了双眼。与往日不同的是，他浑身上下被裹上了棉絮，还被绑在了牢门上。

他泪水恣肆，叫苦不迭，难道死也这么难吗？

与他共处一室的一个老犯人看了他的举动后，耐心地安慰他说，小伙子，其实，监狱也有监狱的好处，我们必定都是犯了错的人，就应该好好反悔，这里虽然寂寞了点，但是，我们要学会看到热闹。你看，那里就很热闹。

顺着老犯人手指的方向，他发现牢房的窗台上不知什么时候开了一朵莫名的小花，一只蜜蜂正愉悦地在小花上采蜜。采完蜜后，小蜜蜂挥舞着金子一样的翅膀飞走了。

老犯人说，小伙子，其实刚进来的时候，我也和你一样痛苦，后来，是那朵小花和蜜蜂给我带来了乐趣，它使我相信，明天依然会有蜜蜂飞来。我和这个小蜜蜂有个约会，有朝一日从这里走出去了，我一定开一个养蜂场，走遍外面风光优美的每一寸土地！

老犯人说这些话的时候，一脸神往。他也跟着老人陷入了深思，后来，他跟老人有了一个共同的娱乐，那就是等那只小蜜蜂来，每天看它一眼，欣赏它愉悦采蜜的每一个姿势，以及展翅扇碎阳光的每一个瞬间。他感觉自己的心宛如皲裂的土地，被一只小蜜蜂的信念给润泽了！

三年后的一次采石场劳作，他因救下压在巨石下的狱友被减刑出狱，与他一同出狱的还有那位老犯人。他们果真如愿地开了一家养蜂场，养蜂场的规模越做越大，后来，他们又开发了许多蜂蜜饮品，远销海内外。

听说他们经历的媒体蜂拥而至，争相报道他们的事迹，面对镜头，他们几乎说了一句相同的话。老人说，不管怎样，我始终相信，明天依然会有蜜蜂飞来；他说，一个心中装着蜜蜂的人,不管身处何种境地,总有享不尽的蜂蜜。

　　毋庸置疑,若干年前监狱窗前的那只小蜜蜂,在他俩心间搭建了一座价值连城的"蜂巢"!

一句话"激"出的老板

/吕麦

吴长江从西北大学飞机制造专业毕业后,进入一家大型军工企业工作,深得老总的器重和栽培。一年多后,他成为这家万人企业的中层干部。可谓春风得意,前程似锦。

然而,不久,吴长江却制造了一条爆炸性新闻,而引发"新闻"的导火索,正是那位竭力栽培他的老总说的一句话。

当时,企业高层让员工们提交合理化建议。可每次,吴长江认真、严谨陈述的合理化建议,皆石沉大海,他很是不甘。一天,老总来到他的办公室,他大着胆子问:"老总,我提的那些建议怎样?"老总白他一眼,说:"臭小子,厂子不是你的,哪能你想怎样就怎样?除非你自己当老板。"

"除非你自己当老板。"这句话像一根银针,瞬间挑动了吴长江心底最敏感的神经。他明白,老总的本意是爱护自己,教自己处世"经验",更好地在这个环境里生存、发展下去。可是，他同时感觉到，有一道藩篱，一道枷锁，羁绊、牵扯着他渴望尽情翱翔的翅膀。他想要挣脱，像一头雄鹰自由地搏击长空。几天后，在老总愕然的神情中，吴长江决绝地辞职了，理由让人觉得很是可笑——"我，要当老板！"

吴长江抛弃一切，来到深圳一家灯具厂，开始了打工仔生涯。"是金子总会发光"，凭着知识和努力，吴长江很快又得到了老板的重用，被任命为品质部部长，既加薪又分配了住房。可是，优厚的待遇，安逸的生活，阻止不了他心底的渴望。十个月后，他再次辞掉工作，怀揣攒下的一万五千元资金，也怀揣着"我要当老板"的梦想，去了东莞。他要将他的老板梦，付诸现实。

刚到东莞，只有一万五千元的吴长江吸纳了五名股东，凑了十万元资金，创办了一个灯具厂，成为一个名副其实的老板。可是，厂子艰难维持半年后，却接不到一张订单。就在吴长江忧心忡忡时，朋友的一张"飞单"放到了他的面前。可是面对这来之不易的订单，他又犹豫不决、不知所措了。

原来，朋友在另外一家灯具公司做部门经理，他把客户的订单接来之后，私下转给了吴长江，业内的行话叫"飞单"。这张五十万元的订单，如果接下，可以净赚二十多万，关系着工厂的生死存亡。可是，他纠结、矛盾，觉得接单有悖常规，不太道德。但是不接单，厂子可能有倒闭的危险。权衡再三，吴长江还是接下了订单，并亲力亲为，和十几个工人一起通宵达旦、夜以继日地抢工，到最后两天，整整四十八小时不睡觉，终于按期保质完成了任务。这张订单，让吴长江赚到了人生的第一桶金。然而，吴长江从此对"飞单"深恶痛绝，发誓不再做这种事。由此，和股东们意见不合，再次辞职，他来到同是珠江三角洲的惠州。目标，仍然是做老板，做更大的老板。

其时，经过四年的打拼，吴长江手里已经有了一点积蓄，已经不再满足于小打小闹。这次，他和朋友凑了一百多万，在惠州建立了一个规模更大的灯具厂。尽管手里有了点钱，但这些钱毕竟是辛辛苦苦赚来的。按理说，花起来怎么也得算计着点，但吴长江在这里花出的第一笔钱，就让人提心吊胆。

吴长江之所以选择到惠州"安营扎寨"，是因为看中了这里几幢租金低廉的厂房，而之所以低廉，是多数人认为这里的风水不好。在吴长江之前，这里的几个企业都相继停产、倒闭了。可吴长江不信风水，只信自己，愣是在别人屡屡血本无归的"霉"地方，建起了自己的"雷士照明"，并放出豪言："创世界品牌，争行业第一！"

当时，吴长江是这个行业内的"新人"，合作伙伴觉得他雄心太大、过于狂妄，可吴长江一副"誓把狂妄进行到底"的架势。第一年，他给自己、给公司定下销售额三千万的目标，结果做了两千七百万。第二年他的目标是六千万，所有人觉得他是天方夜谭。结果，他做到了。第三年，他说要超过一个亿，话一出口，大家把他当疯子笑话。因为，一个亿是一个坎儿，一个企业，没有五至八年的时间，不可能达到。结果，公司在吴长江的带领下，神话般地达到了目标。就是以这样的速度，仅用十年时间，吴长江就把"雷士照明"的销售额从三千万，做到近五个亿，让许多国际巨头都望而生畏。而吴长江也从曾经的小老板，一跃成为今天的行业领军人物。

　　他说："一个有责任心的企业家，应该像一个登山运动员，有着永不停歇的奋斗激情。"

爱，是重复的琐碎

/吉娃娃

外婆一直照顾着我的生活。

外婆的身体里，好像装了一只上了发条的闹钟。无论春夏寒暑，落雨下雪，凌晨四点准时醒来，起床，麻溜地收拾干净自己，打扫屋子，打理花草。然后，拎着竹篮，步行去菜场买菜。

大约六点半，她满载而归。一进门，第一件事，就是蹑手蹑脚，蹲在我床边，轻轻唤醒睡梦中的我，柔声细语、无比开心地说："麦乖乖，外婆今儿买了你最爱吃的红菱角哩……"或者炫宝似的端个小盆，眉开眼笑地说："宝宝，看，活蹦乱跳的江虾哎，让我买到了。我宝宝真有口福……"

一年三百六十五天，外婆天天就这样，让我第一个分享她的得意收获、意外成果，期望给我带来一天的欢愉和惊喜。然而，那一刻的我，睡意正浓，梦境正香，非但没有半点兴奋和感激，有的只是满心的厌烦和不屑。甚至暗地里把外婆比成夏日树梢上不眠不休、制造噪音的知了。可外婆全然不管，日日如故，将"聒噪"坚持了十几年。直到我读高中后离家住校。

公交车停靠站，离我家仅有五十米左右的距离。周末，我像猴子一样从车厢里跳出来，偶然一抬头，瞥见这样一道风景：五楼一户人家的窗户，一扇玻璃窗拉着，窗台上，趴伏着一颗发如雪、鬓如霜的脑袋。浑浊、昏花的老眼，在陡一见到我的刹那，波斯猫一样熠熠发亮，咧开豁牙的嘴，远远地冲我一笑，旋即转头，对着屋内大喊："快，我的麦宝宝回来了。"这，就是我那啰啰唆唆、亲亲热热的老外婆。

当我准备离家返校的半个小时内，耳朵像塞了 MP3 的耳塞一样，反反复复重复着一首"歌"："麦宝宝，在学校要吃饱，晓得不？和同学好好相处，有人欺负你，就报告老师，晓得不？路上千万小心车，晓得不？一到学校，就给家里来个电话，晓得不？""哎呀，晓得，晓得啦！"我有口没心，皱眉蹙额，企图用应答作为阻止，阻止她的重复和喋喋不休。心里另一个声音不耐烦地嚷嚷："真是人老话多。烦人，啰唆。"那一道"风景"，这一首"歌"，坚持重复了七八年。直到我工作，有了孩子。

然而，有一天，这重复的风景和叮咛，戛然而止。外婆，走了。我在思念中才豁然明白：长辈的爱，就是无数个日子里，一个一个平常、烦琐、絮叨的重复，以至于我们觉得空洞、单调、无味，而漠然视之。失去以后，才恍然惊觉：这重复的种种，其实是人世间最无私、最深切、最伟大、最浓郁的爱。

每朵阴云都是阳光的心

/一路开花

她第一次布置作文时,全班四十五名同学,就他一人交了白卷。那天,她声色俱厉地将他批评了整整一下午。她记得他固执的模样,不论她如何询问,如何开导,他都始终紧闭双唇,默然不语。

当她平息完怒火,和蔼温善地将他拉到跟前,手把手教他写起这篇作文时,原本寡言内向的他,竟忽然号啕起来。清澈的泪,如同冬日房檐上的冰溜,化也化不开。于是,她再也忘不了那次作文的题目,《我的父亲》。

其实,他多希望能在那张洁白的纸上落下只字片语。可想了许久,他还是无法拼凑出父亲的影子。

他没有严厉伟岸、时时督促他奋发图强的父亲,更没有慈祥和蔼、对他无微不至的母亲。他只有一个发如霜华的外婆。他从来不曾问过父母的去向。他知道,这样的问题,会让他的外婆心生愧疚。而他似乎也从街坊的闲语中得知，自己不过是一个从田埂上拾回的孤儿。

他与外婆相依为命。清晨上学之前，他得气喘吁吁地从地里拔来青菜，好让外婆挑着箩筐，去市场上贱卖。再用换来的钱，维持家用，攒足来年学费。傍晚放学之后，他又得马不停蹄地赶到市场，听外婆唠叨这一天的收获，搀着她，赶在夕阳落尽之前进入家门。

这些天，他时常在半夜里惊醒，成绩也如同高空抛物，一落千丈。外婆的咳嗽声，已日渐强烈。很多时候，他甚至能够听出，外婆是在竭尽全力地强忍着不让自己发出任何声响。可惜，她的身体太过单薄，那些突如其来的咳嗽，总能把她震荡得苦不堪言。

外婆终于走了。他再也无法忘却那个灰蒙蒙的清晨，他在门外一面拾拣着满箩筐的青菜，一面撕心裂肺地叫着外婆。

他不再说话，亦不往人群里张望。甚至，连上课提问到他，他都耷拉着头，一言不发。他不知道，在这个阴雨绵绵的清冷世界里，自己到底还能说些什么。

她得到消息的时候，他已经在教室的角落里憔悴了许多天。她看到，往日那双神采奕奕的眼睛，正慢慢地，无可避免地黯淡下去。

学校提议将他送到孤儿院去。那样，他既能安心地继续学习，又能开始崭新的生活。他拒绝，用一切极端的方式来宣泄自己的绝望。他只愿就这么静静地，睡在昔日外婆安枕过的床上。

她是唯一一个没有劝慰过他的人。不知怎地，他竟忽然对她萌生出些许好感。他想，她是懂他的。正因为懂他，才会用沉默来与他交流。

她领着他去郊外看雨时，他终于肆无忌惮地哭了出来。他悲咽着说："外婆走的那天，也是这样一个阴云密布的清晨……"

他哭得累了，站在她的大伞下发呆。忽然，她指着天边滚滚的阴云问："孩子，你知道它们曾经都是些什么吗？"

他不知道它们的来历，心里有一丝丝好奇。片刻后，她说："曾经，它们兴许是一朵美丽的流云，一片碧绿的湖泊，但由于不断蒸发，水汽凝聚的缘故，才成了后来的雨云……"

他对这样的理论，并不感兴趣。她终于换了话题："孩子，你说这天上还有太阳吗？"他坚定地摇摇头。是啊，既然下雨，怎么还会有太阳呢？他们为这个无聊的问题发生了争执。最后相约，一定要看到事实的真相。

几个时辰后，乌云散开。刺眼的阳光，从撕裂的缝隙中宣泄而出，照耀着莹莹剔透的万物。

归后，他不顾一切流言，毅然进了孤儿院。他是那么特别。在这群沉郁内向的孩子中，他如同一束温暖的阳光，照亮了众人的双眼。

他将她那天所说的最后一句话，告诉了每一个失去亲人的孩子："蓝天上，总会出现阴云。可每朵阴云的成因，都是因为阳光将大地上的水分凝聚。因此，越黑暗的阴云，就越是饱藏了一颗阳光的心。"

爱无灵犀

/朱砂

国庆十一，因为要接待几个俄罗斯客户，他打电话回老家，跟母亲说自己要到六号才能回去。公司越做越大，越来越忙，他回老家的次数越来越少。

事实上，俄罗斯的客人四号就走了，五号一大早，收拾停当，他便开车带了妻儿踏上了回家的路。

他撒了谎，因为他知道，只要自己回家，母亲肯定会到村口去接的，这些天北方普遍下了雨，虽然天已放晴，可山里的气温低，加上雾气正浓，一早一晚很是阴冷，母亲已经七十八岁了，他怕她老人家的身体受不了。

然而，他失算了，车还没下公路，他便远远地看到了站在村口的母亲。

母亲站在那棵几乎落光了叶子的槐树下，不时地踮起脚尖，向公路的方向张望。母亲瘦小的身体只靠一根拐棍支撑

着，一头萎散的灰白头发在风中摇曳，整个身子像一株深秋被摘去了果实的玉米秸，枯黄的躯干没有一丝水分，兀自伫立在秋风中，看上去单薄而脆弱，仿佛随时都可能零落成泥。

母亲的左眼去年便查出了白内障，在县医院看的，医生说母亲岁数大了，这会儿不适合开刀，再说也不敢开刀，怕老太太的身体吃不消。母亲自己也不肯再治疗了，说好歹还有一只眼，将就着行了，而且，这辈子该看的都看过了，临死再挨一刀，不值得。

可是，他知道，母亲是心疼钱，母亲总说他们挣钱不容易，不要大手大脚地乱花。很早以前他想了，等再过一段时间，母亲的眼睛适合手术了，就带她回市里去做，他告诉母亲，手术的几个钱对自己来说根本算不了什么的，说这话时，他看到母亲笑了，笑得很灿烂。儿子出息了，做母亲一辈子盼的，不就是这个吗？

村口离公路还有二三百米的距离，这么远，母亲昏花的老眼根本看不清，可母亲依旧固执地伸长了脖子，不时地向这边张望着。

他的眼有些潮湿。

远远地，他停了车，妻子和女儿下车，一溜小跑过去。女儿大声喊着奶奶，犹如天籁，喜得老太太合不拢嘴。

把母亲扶到车上，他问母亲，不是打电话回家说六号回来吗，今天才五号，怎么就知道他回来了呢？

"我是你娘，你那点儿心思我还不知道？"母亲咧着缺了牙的嘴笑着，有些得意，有些狡黠，"不就是这两天降温，怕我出来接你们会染了寒，故意跟我撒谎，把日子往后推吗？我这掐指一算，就知道你们今天回来……"

"奶奶，您真是比如来佛还神，不用猜就知道我爸心里是怎么想的！"女儿撒娇似的挽着奶奶的胳膊。

"这还用说，要不，怎么叫母子连心呢。"

一家人都笑了。

这一刻，他忽然就相信了妻子的话。爱真的是有灵犀的。以前，每次往家打电话时，十回倒有九回半是母亲接的。家里的电话没有来电显示，他一直纳闷，怎么每次不等他开口，母亲便知道打电话的人是他呢？莫非这爱的灵犀就真的这般灵光？

车进了胡同，嫂子笑着接了出来。哥哥比他大九岁，三个孩子，一个女儿嫁在了本村，一个儿子大学毕业在北京工作，另一个还在读书。

女儿拉了母亲去表姐家串门，妻子和嫂子择菜做饭。他无所事事，一路闲逛着去菜园找哥哥。

哥哥正在园子里侍弄白菜，见到他，喜上眉梢。

哥儿俩你一句我一句地闲聊着，问及母亲的近况，哥叹了一口气："娘这会儿越来越糊涂了，天天守着个电话，不管谁打进来，张嘴就是一句'二小儿啊，娘就知道是你'，弄得俩孩子都不敢往家打电话了，怕奶奶一听不是二叔失望……"

他愕然，怪不得每次接电话母亲一猜一个准呢。

"人老了，就是想儿啊！"哥喃喃地说着，"自从那个周末去省城办事顺便回了一趟家，娘想起来便到村头站会儿，国庆这七天假，你明明告诉了六号才回来，可娘愣是从一号起便天天去村口等着……"

他的心忽然就抽搐了一下。

一直以来，他都以为母亲接电话和去村口等他，不过是一种巧合，或者如妻子所言，是一种母子间的灵犀，却原来这爱里根本就不存在什么灵犀，那不过是一个母亲日复一日固执的牵挂与守候的结果。

他下意识地抿了抿唇，眼前不由浮现出秋风中母亲翘首期盼的身影，那颤颤巍巍的身体，令他的心刹那间一片濡湿。

第六辑

谁也不能替你走青春

你看见鄙夷，我看见财富

/陈亦权

上世纪 30 年代，冰激凌开始风行于美国纽约街头，年轻的波兰移民鲁本·马塔斯有一手制作天然冰激凌的好手艺，他也在自己的作坊里制作冰激凌销售。因为制作工艺不错，再加上从不欺市卖假，他渐渐有了一些小名气。

但没有几年，他的销路却不行了。因为当时为了竞争，已经有一些冰激凌的作坊主开始在里面加稳定剂和防腐剂以延长产品的保质期，那些产品往往能用外观和因添加剂而产生的口感取得消费者的青睐。那些制作方法，看上去似乎是多了一些程序，实际上却降低了成本。马塔斯作坊里的工人都建议他也跟着市场走，往冰激凌里面加添加剂。如果不加添加剂，将很难继续参与市场竞争，但如果加了添加剂，就意味着他的冰激凌从此与"天然"绝缘。到底是加还是不加呢？他为此伤透了脑筋。

一天,马塔斯和几位从事冰激凌业的朋友一起去商店买东西。当时天气很热,有几个穷孩子在商店门口买冰激凌吃。这时,门口有一对衣冠楚楚的富人夫妇走过。男人提议说:"买两份冰激凌吧!"但是当女人看到那几个正津津有味地吃着冰激凌的穷孩子之后,马上改变了主意,说了句"算了",就继续往前走了。许多看到这一幕的人都很不平,马塔斯的朋友气愤地说:"怎么会有这种人!穷人在吃,她就不要吃了?难道还想有人为你们富人专门生产一种冰激凌?"说者无心,听者有意,马塔斯立即闪出一个灵感来:这个市场缺少了一种象征高贵与时尚的冰激凌!

马塔斯回到作坊,对工人说:"在现有的基础上,不惜成本继续努力提高'天然'的精度和要求,无论是主料还是辅料,无论是原料还是加工过程!"

"老板,您不能这样,这就意味着我们的成本将会更高!"热心的工人们纷纷出言阻止,"冰激凌是一种人人都能买的便宜货,花这么高的成本去做不值得啊!"

"是的。所以,目前这个市场缺少的正是一种不是人人都能随意购买的冰激凌精品!"马塔斯肯定地说。

马塔斯立志要生产出纯天然、高质量、风味绝佳的冰激凌,抢占"矜贵冰激凌"的市场空间。半年之后,他先后推出香草、巧克力和咖啡三种口味的高档冰激凌,主要提供给一些高级餐厅和高级商店,销售状况非常不错。

不久之后,马塔斯将他的冰激凌正式命名为"哈根达斯",以顶尖奢侈品牌的形象出现在市场上,那动辄几十甚至上百美元的价位让普通冰激凌顿时相形失色,他的目标消费群是处于收入金字塔顶层的注重生活品位、追求时尚的年轻人。虽然，哈根达斯的高价位限制了消费群体，但同时也吸引了大批趋之若鹜的信徒和拥护者。在宣传策略上，马塔斯也努力打造"矜贵"形象，哈根达斯几乎不做大众型电视广告，只是偶尔出现在一些时尚杂志上。

时至今日，马塔斯的冰激凌在全美国甚至全球多国都开设了专卖店，哈根达斯也成为全球性"尊贵品牌"。自从上世纪 90 年代哈根达斯进入中国内地以来，已经开设了五十家专卖店，零售点更是达一千多个。

多年之后，马塔斯的那些同行朋友问他是怎么想到要生产"矜贵"冰激凌的，他回答说："其实很简单，当时那个妇女不肯与穷人们吃一样的冰激凌的神情确实让人不屑，甚至为人所不齿。但你们只看见了鄙夷，而我却看见了创造财富的机会！"

谁也不能替你走青春

/安宁

亲爱的弟弟,不知我走的时候,放在你床头的那封信,你究竟是漫不经心地看过便丢在一旁,还是在一丝丝愧疚的牵绊下,拿起床头的书,认真地读上几页。我已经远在北京,看不见此刻的你,是否又回到昔日散漫不羁的生活,怀着那么一点点的侥幸,继续在高考前的时间里清闲游走。

或许你会认为,我熬夜写出的五千字的信,于你,不过是一堆于事无补的说教,你有你混日子的理由。你会像讲给没有文化的父母那样,讲给我这个即将出国留学的姐姐,说,你们学校不过是所不入流的高中,有最纨绔的子弟,几乎每天都有人打架,甚至你这样中规中矩的学生,毫无理由地,就会被校园里的痞子们截住,挨一通嘲弄。或许你也会让我上网查询去年你们学校的高考升学率,百分之九十的学生,都是通过艺考,走进了大学。而我当初阻止了你读艺术,也就基本上阻止了你通往大学的路。因为,除去艺考生,基本上只有十个左右的学生能够考上大学,而排在二十名之后的你,当然是希望渺茫。况且,你们学校的传统是,在高考来临之前,便将考学无望的学生,像残次品一样,全部处理掉,要么去学技术,要么进工厂,要么自寻出路。

在这样差的高中里,你除了一天一天地熬下去,熬到高考过去,那一张薄薄的毕业证发下来,还能去做什么?

更让你理直气壮地将学业荒废掉的,是而今实行的素质教育,你们终于可以不用补课,不用上晚自习,不用在漆黑的夜晚,飞快朝家中赶,遇上雨雪天气还要溅一身晦气的泥浆。而今,你们只需在夕阳下,背起书包,说说笑笑地走回家去。书包很轻,有同学间彼此交流的时尚玩意儿,也有给女孩子写了一半的情书,但唯独没有老师留的累赘的作业。这样一身轻松地回到家中,若饭还没有做好,恰好可以打开电视,看一段娱乐新闻,或者欣赏半集电视剧;再或者,偷偷溜出去,在网吧里跟新交的网友说几句话。这样的夜晚,再不像往昔那样度日如年,一本杂志,两本小说,三四句闲话,五六个哈欠,便轻而易举地打发掉了,没有老师的监督,你,完全是一只自由的鸟儿,可以放任自己在大把的时间里,幸福地遨游。

可是,亲爱的弟弟,这样的幸福,于高二已经快要结束的你,究竟还能有多少? 你所谓的理由,不过是为你想要逃避这一段艰苦学习的岁月,所做的最拙劣的注脚。而我想要说的是,即便你们学校差到只有一个人能够考上,你也有为之奋斗最后一年的理由。再好的学校,也有神色黯然的落榜生,再差的学校,也有站在领奖台上的成功者,而你,又为何过早地将自己打入毫无希望的深渊？我并不是认定,高考是你唯一的出路。可是假若一个人连青春里这第一场战争,都不愿意迎接,那么,你所谓的毕业后去独闯天下,岂不是一句可笑的空谈？我所要求的,不是你能考上哪一所大学,我只是希望,在你十八岁之前,能有那么一段意气风发、勇于拼搏的岁月,而这一段时光,不管结局是美好还是黯淡,在你人生的长河里,都必定会熠熠生辉。没有人能够否认,这段埋头苦读的青春,回望的时候,会绽放出最璀璨的花朵。

请你尝试着,一点点地改变。哪怕,只是在放学的路上,边欣赏两边的风景,边记下卡片上的几个单词;哪怕,你将电视自觉地换到英语学习的频道;哪怕,你克服掉自己心中的障碍,开口向比你成绩好的同学求教;哪怕,你能把起床后洗漱的时间,节约上短短的五分钟,而后将这些零敲碎打的时日,换成朗诵一篇散文,读解一道习题,探究一种生物,或者,只是给父母说一句安慰的话。

是的,因为你一直以来的不上进,父母几乎对你完全失望,他们不知道如此游荡到毕业的你,究竟能够有怎样的未来。当我因为对你荒废光阴的气愤,而在母亲面前脱口而出,不要指望我能够为你提供怎样的便利时,她竟背过脸去,哭了。父母一直都希望,走出小镇的我,能够在打拼出属于自己的一片天空的时候,亦能顺便为你遮一小片绿荫。我无法说服他们,无论我飞得如何的高,都始终无法代替你,走一生的路途。但我依然要在这里,无情地提醒你,此生,我是你的姐姐,但你永远都不要奢望,走出去的我,会像父母一样,为你二十岁以后的人生,奔走前后,筋疲力尽。我只会站在最关键的十字路口处,为你指明那最通达的一条,就像此刻,我尽着一个姐姐所应该尽的职责,写这封信给你。

亲爱的弟弟,其实,你和我是一样的孩子,曾经在父母的唠叨里,有想要离家出走的冲动;也曾经为买不起一件衣服,而羞于在体育课上张扬;又曾经在十八岁的路口上,犹豫且失落。但,不同的是,我的每一步,都走得结实且稳健,我知道自己唯有走出小镇,才能得到自己想要的未来,我知道大学能够提供给我更明亮的一扇窗户,从这里,我可以看得更远,亦可以飞得更高。

而你,亲爱的弟弟,能否像曾经的我一样,背负起行囊,执着地向前,只为这一程,璀璨的光阴?

每一种成长都曾与寒冷为邻

/一路开花

很多时候,我都在想,倘若不是偶然的点名和值日,班上那些可爱的同学,是不是就会忘了,在这个狭窄而又熙攘的集体里,还有着我与她的切实存在?

她是班里最沉郁的女生,也是唯一一个让众多老师绝望,流放至后三排的女生。我清楚地记得,她刚被调来的那天,身后的坏男生们都陆续吹起了口哨,戏谑地说:"羊入虎口喽! 羊入虎口喽!"

事实上,后三排的男生,除了调皮和轻狂之外,大都是善良的。他们有着比旁人更为强烈的正义感和羞耻心。因此,她进了后三排,从某种程度上来说,反而得到了一种潜在的保护。至少,再没人会因倒数的成绩而对她冷落,更不曾有人因丑陋的容颜而对她心生鄙夷。

但我似乎知道,她与我一样,有着不可排遣的悲怨与忧伤。十六七岁的年纪啊,谁不渴望在同龄的人流中,昂首阔步,趾高气扬?最让人困扰的是,还未曾在青春的步履中轰轰烈烈地努力一把,便被所有任课老师判了死刑。

我与她的考号相连。因此,每每分发试卷时,都能理直气壮地悄然跟在她的身后。大多数情况下,除老师之外,我是第一个也是最后一个看到她分数的人。那鲜红刺目的批语,如同两把锋利的尖刀,在惨白的卷面上对视蜿蜒。她将它们攥在手心里,似乎,要攥出血来一般。我不敢询问她的感受,亦不曾与她说上只言片语,但似乎我懂。差生与差生之间,总有着冥冥中的默契与怜惜。

有一次,我在起身上台时,抬头看了看迎面扑来的她。她将试卷攥在手里,耷拉着脑袋,不顾一切往前冲。我将步履放得很慢很慢,这样,她才能在彼此相撞的一刻,稳稳地定住身形。

在这个众目睽睽的荣辱关头,我与她并没有丝毫的尴尬与窘迫。相反,我从她眼中读到了一种前所未有的平和。我想了许久,始终得不到最为完满的答案。

是因为我与她有着不分伯仲的低分吗?还是出于一种弱者对弱者的相互怜悯?更或者,是朦胧少女对少年所流露出的一种不经意的企盼?

这些兴许都已微不足道。自从那次相视而笑之后,我与她便打开了彼此禁锢的心门。我向她诉说压抑在心中的绝望与悲鸣,而她,亦对我娓娓道着作为一个少女因日渐丧失的自尊所萌生的无助与空茫。

说着说着,我们竟发现对方原来与自己有着如此多的相似之处。于是，终于在风声呼啸的教学楼顶背坐而泣。我能清晰地觉察到她颤抖的双肩，在呜咽的凉风中，几度缓缓平息，又几度恍然抽动。

直至哭到没了丝毫气力，星月朗朗，彼此才互相搀扶着起身，发誓，从明天起一定要好好读书，争取让那些看不起我们的人无话可说。就这样，两个原本已是心如死灰的差生，开始了惊天动地的"复仇"计划。

所有人都对我们的转变瞠目结舌。没人知道，为何我与她会走得如此之近，且在任何时刻都不离不弃。

流言终于盖过头顶。但在流言未到之前，我便已经知道，自己不可自拔地喜欢上了容貌平庸、衣着朴素的她。

我们各自心照不宣。随渐渐冷却的流言，走完了中学最后的两年时光。我以为，我会义无反顾地继续追逐这份纯真而又来之不易的恋情，岂料，竟会在填报志愿时，写下了与她相反的城市。

那两所一南一北的大学，曾是我们彼此的梦幻。当泪水打过离别的手臂，我们终于听到一列名叫青春的火车，以迅雷不及掩耳的速度，轰隆隆地开过了心田。

原来，我们仅是在最为绝望的时刻里，给了对方一口温暖的源泉。就像当日，一个颤抖的后背依靠另一个同样颤抖的后背，驱散了潜伏在彼此成长里的寒冷与孤独。

四十八个未接电话

/孙道荣

远眺群山，脑海里忽然跳出了欧阳修的那句名句："环滁皆山也。"他自嘲地笑笑，都这步田地了，自己竟然还能有这份心情。

这段时间以来，他很不顺，仿佛人生的不如意都赶着趟儿，拥到了他的面前，压得他喘不过气来。老父重病；妻子卷走了不多的家产，弃他而去；下岗之后，好不容易找到的工作又丢了。他感觉自己走到了人生的尽头。现在，他穷得甚至不敢吃饱一顿饭。抬头看看远处的山，他悲怆地深吸一口气。

忽然，手机响了起来。很少有人给自己打电话，会不会是上午去找的那家公司，这么快就有答复了？

他兴奋地从兜里掏出破旧的手机，打开翻盖。可是，奇怪，没有电话啊。

铃声继续响着,和他手机一样的旋律。他侧耳细听,听出来了,是从脚下的草丛里发出来的声音。他弯下身,小心翼翼地扒开草丛,果然,一只崭新的手机,宽大的屏幕,一闪一闪。他转头看看四周,没人。这是个少有人来的山头,谁会把手机丢这儿了?他捡起手机,心怦怦直跳。

手机很执着地响着。

他握着手机,犹豫着该不该接。

这是一款新式手机,比他用的那只老式手机漂亮气派多了。应该价格不菲吧。他的脑海里飞快地转着,真是天无绝人之路啊,在他最困难的时候,天上掉下来一只手机,这只手机至少能卖两三千元,抵他一个多月的工资了。

手机还在响着。他想,不能接,肯定是丢失手机的人打的。

铃声终于停了。他打开手机,吓了一跳,屏幕上显示,有四十八个未接电话。他笑笑,这个丢失手机的人可真执着啊,一直不停地打,也真够傻的,谁捡到你的手机,还肯接你的电话呢?

他轻轻将手机上的草叶掸掉,用手掌心擦拭干净,然后,揣进了另一个衣服兜里。他的口袋里,第一次揣着两只手机,而且是那么新的手机。下山之后就卖了,可不能卖便宜了。他想。没错,他太需要钱了。

突然,手机又响了起来。他把两个手机都掏出来。是捡到的那只。

真奇怪啊,这个人为什么这么着急、这么固执地打这个电话呢?难道是别人打的,或者有什么紧急的事?他胡思乱想着。要不要接？如果接了，也许就得把手机还给人家了。也许对方真有急事呢？真矛盾啊！

铃声固执而急促。

他犹疑地摁下了接听键。

"喂，是小雨吗？你总算接电话了，快告诉我，你在哪儿，全家都急死了……"手机里传来一个男人焦灼沙哑的声音。

他轻轻地"喂"了声。

"怎么不是小雨，你是谁？快说话啊，你是谁？手机怎么会在你手上……"手机里传来连珠炮般的质问。

他有点后悔，也许压根不该接电话。他想，也许该果断地挂断电话。

忽然，声音全消失了。他没挂电话。手机没电了。

他歪着头，笑了。手机自己断电了。这下，不需要犹豫了，也不需要怎么解释了，手机归自己了，真是天意啊。

他准备马上下山。

他看看脚下，刚刚捡起手机的地方，杂草显得有些凌乱，好像被什么东西碾压过。他探头往下瞅瞅，除了几棵大树，什么也看不见，这是一个危险的断崖。丢手机的人，怎么会跑到这个地方？会不会……

这个念头一闪现，他的脊梁骤然感到了丝丝寒意。难道丢手机的人有什么想不开，从这里跳下去了？"下面有人吗？"他试着喊了几声，除了风声和他的回音，没有应答。

他越想越不对劲。他慌忙将两只手机都拿出来，手脚凌乱地将两只手机的后盖都打开，将两只手机卡互换，捡到的手机卡插在了自己的手机里。开机。

自己的手机响了起来。

他有点颤抖地摁下接听键。"是、是小雨吗?"手机里传来急促而绝望的中年男人声音。

"是我,我刚刚捡到了这只手机……我不知道……我真是捡到的……我在山头上,对,这个山头叫浮黄岭……我边上没看到人啊……"

半个多小时后,几队人马陆续气喘吁吁地赶来,还有扛着绳索的消防队员。

他告诉他们捡手机的地方,并把手机交给了最先赶到的那个看起来憔悴不堪的中年男人。

一名消防队员系好了绳索下去。到处都是对讲机的声音。又一个消防队员下去了。

一个穿着红衣服的女子被拉了上来。她已经昏迷了。消防队员说,幸亏被大树挡住了,她才没有再落下去。

有人说,幸亏这位先生捡到了手机。

还有人说,幸亏他接通了家属的电话。

人们匆忙用担架将救上来的女子抬下山。他跟在后面。

突然,他想起自己的手机卡还在那只手机里呢。他摸摸自己兜里的旧手机,心想,过几天再打电话联系吧,打自己的号码……他抬头看看远处的高山,所有的困顿仿佛都暂时远离了自己,他感到从未有过的轻松。

上帝的恩赐

/周海亮

　　荒岛上的土著部落，已经与世隔绝了几百年。

　　某一天，一个土著在海边捡到一个瓶子。普通的酒瓶，已经漂了很远的路程。土著把它捡起来，靠近自己的眼睛，世界变成一片模糊的淡蓝；他把它放到嘴边，吹一口气，瓶子发出短促且怪异的低吟；他把它迎向太阳，地上于是出现一个很亮很圆的小白点，烤死了一只行色匆匆的蚂蚁。

　　土著想，这是什么呢？他不认识瓶子。

　　他把瓶子拿给酋长看，酋长也不认识。但酋长认为这肯定是一个好东西，可以装水，看淡蓝的景物，可以烤死蚂蚁，吹出节奏简单的音乐。特别是瓶子的晶莹透明，瓶子水滴似的小巧造型，立刻让酋长爱不释手。于是酋长用两串贝壳和一个姑娘，跟这个土著完成了交易。

　　从此，酋长无论吃饭、睡觉、打猎、祭祀，都是瓶不离手。

瓶子仿佛成为酋长的代表，酋长就是瓶子，瓶子就是酋长。他从不让别人摸瓶子一下，甚至多看一眼也不行。他的举动无疑增加了这只瓶子的神秘。

有一次，酋长在丛林中遇到一条巨蟒，巨蟒将酋长缠得很紧，长长的信子拍打着酋长的脸。酋长慌乱之中拿出瓶子，在巨蟒的眼前轻轻一晃，巨蟒竟然松开酋长逃走了。

这次的蛇口脱险让酋长认为这只瓶子肯定具有一种非凡的神力。

恰逢那几年海岛上风调雨顺，没有发生任何灾难，不仅野果结得遍岛都是，连野兽们也仿佛变得温顺。酋长便指着瓶子说，都是因为这个宝物啊！无疑，这是"上帝的恩赐"。

他不再随身携带这个瓶子，而是把瓶子供奉在一个隐秘的山洞里，派人日夜看守。他说这是"上帝的恩赐"！这是"镇岛之宝"啊！从此后，它在岛在，它亡岛亡！

久了，岛上的土著们也就相信了他的话。

一个普通的瓶子，非常自然地，成为岛上居民的图腾。

后来德高望重的酋长死去，新的酋长和他的居民们继续对这个普通瓶子顶礼膜拜。一任任的酋长死去，一代代的土著相传，瓶子的地位便日益攀升。很多年过去，人们不再记得这不过是当年海上漂来的一个物什，而是觉得这宝物与海岛同龄，是上帝在创造这座海岛时赐予他们的。

终于有那么一天，海上漂来一艘大船。船上的人拿着高倍望远镜，抽着长长的雪茄，提着乌亮的长枪，带着高傲的表情走上了这座海岛。本来他们只想在岛上休息几天，但他们马上喜欢上了这个海岛。因为岛上不仅有成片的橡胶林，甚至还有人发现了钻石。船上的人欣喜若狂,在商量了半天后,他们决定把这个海岛据为己有。

他们用手语与海岛上的土著进行着艰难的交流,他们命令土著们离开海岛,或者成为他们的奴隶。当然,如此蛮横无理的要求当场遭到了土著们的拒绝。于是,战争开始了。

土著们的作战工具是弓箭和磨了钝尖的木棍,船上人的作战工具是高倍望远镜和射杀力极强的长枪,所以这根本不是战争,而是屠杀。船上的人只用了一天时间,就基本控制了整个海岛。晚上他们把船泊在距海岛不远的海域附近庆功,他们甚至打开了很多香槟酒,喝得大醉。因为他们知道,明天只需一个上午,他们就会彻底控制整个海岛。

土著们聚在山洞里,听着酋长的祷告。这是那个供奉着"镇岛之宝"的隐秘山洞,也是土著居民的最后一道防线。酋长虔诚地望着那个瓶子,口中念念有词。突然他转过身,狠狠地说,我们一定要把这群野兽赶走!他指着那个瓶子,他说这是上帝的恩赐,他会帮助和保佑我们赶走入侵者的!我们要为岛而战!我们要为上帝的恩赐而战!然后他对一直站在身后的四十名精壮的年轻人说,准备好了吗?出发!

四十名年轻人,相当于海岛的"皇家护卫队",他们有着非凡的作战能力。他们裸着上身,脸上抹着怪异的油彩。他们的箭头上淬了剧毒,耳朵和鼻子上挂着华丽的骨环。他们身体强壮,行动敏捷,树上水下,如履平川。他们更不怕死。假如海岛最终失去,或者他们成为奴隶,那么,他们活着还有什么意义呢?

他们企图利用船上人在夜间的疏忽进行偷袭。他们想夺下他们的枪和望远镜扔进大海,然后把他们杀得精光。假如行动成功,那么他们将是战争的最终胜利者。

事实上,一百年前同样的偷袭,曾成功地上演过一次。

借着夜色,他们跳进海里,从水下悄悄靠近了大船。他们一个接一个爬上了船,奇怪的是,船上的人竟然浑然不觉。

船上的人做梦都想不到他们会来。此时,他们正聚集在某一间屋子里,对酒当歌。

这是绝好的进攻机会。

酋长带领着他的四十名战士摸到了门外,他摆摆手,四十名战士立刻做好了攻击的准备。然后酋长把门轻轻推开一条缝,他向里面看了一眼,又急忙摆摆手,四十名战士便蹲下来;他再看一眼,再一次摆摆手,四十名战士便撤退了。

那时酋长的眼睛里,竟然充满了无边的恐惧和敬畏。

同来时一样,他们静悄悄地撤走。船上没一个人知道他们曾经来过。船上人更不会知道,他们曾经距离死亡只差分毫。

其实酋长只需怪叫一声,船上的人就将全军覆没。这不用怀疑。

然而,酋长却是带着他的四十名战士逃回了那个山洞,慌慌张张,似已经大败。

他的举动,令他的战士更令等在山洞里的土著居民大为不解。

酋长盯着那个瓶子,仍然是虔诚的表情和语气,他说,这是我们的"镇岛之宝",这是"上帝的恩赐"。但现在,这恩赐已经救不了我们。以后,我们只能做他们的奴仆。

酋长说，我看到，他们正围坐在一起唱歌，每个人的手中都有一个"上帝的恩赐"。

酋长说，上帝是不会胡乱恩赐的。那么很明显，他们就是上帝。

第七辑

桃木手镯的如水流年

把自己当成种子钻进泥土里

/陈亦权

　　史蒂芬·威尔逊不仅是美国维斯卡亚机械制造公司的CEO,而且还是全美最具影响力的机械制造工程师。然而,让人意想不到的是,他的求职之路,是从一个车间清洁工开始的!

　　从上世纪80年代起,维斯卡亚公司就极具盛名,学机械制造的史蒂芬和几位同学从哈佛大学毕业后,都非常希望能进入这家公司工作,于是一起给公司写自荐信。然而,他们的自荐信很快被退了回来,并被告知公司并不准备聘用只有理论知识而没有实践经验的人。史蒂芬的那几位同学遭到拒绝后,纷纷凭着学历在别的公司里直接进入了管理阶层,但史蒂芬却依旧把眼光停在那家最能让他发挥才智的公司上!

　　有一次,史蒂芬在农场里帮助他的父亲收割向日葵,他发现因为雨水的缘故，有好多葵花子都在植株的顶端发起了芽，他对父亲开玩笑般地说："这些葵花子这么迫不及待地发芽，结果只有死路一条，想发芽开花就必须要钻到泥土里去才行！"话刚说完，史蒂芬似乎想到了什么。

当天回家后，史蒂芬把自己的文凭全都塞进了抽屉里，然后假装一无是处地来到这家公司，表示自己愿意不计报酬地为该公司提供无偿劳动。公司的人一听竟然还有这种好事情，虽然暂时没有岗位空缺，但考虑到不用任何花费就能雇用一个肯为公司效力的人，就答应了史蒂芬，每天的工作就是在各车间打扫卫生，收拾废铁屑。

史蒂芬的做法让他的同学们大为不解，这么好的一个人才，竟然在一个扫地的岗位上工作。但史蒂芬却在日常的工作中越来越意识到，这份在别人眼中不屑一顾的工作，会让他拥有某种条件。因为史蒂芬在日复一日的到处走动打扫卫生中，细心观察了整个公司各部门的生产情况，并一一作了详细记录，半年多以后，他发现了公司在生产中有一个技术性漏洞。为此，他花了近一年的时间搞设计，通过在工作中积累的大量统计数据，最终想出了一些足够改变现状的方法。

史蒂芬试图将自己的想法告诉总经理，但是他根本没有机会见到总经理。半年后的一天，公司发生了一件非常重要的事情，许多订单都因为产品质量问题而纷纷被退回，如果拿不出质量更好的产品，公司将要蒙受巨大的损失！

为了挽救劣势，公司董事会召开紧急会议商量对策，可是会议整整进行了六个小时还没有得出一个结果，这时，史蒂芬揣着自己的想法敲响了会议室的门，他对着正在开会的总经理说："我要用十分钟时间改变公司！"随后，史蒂芬对出现问题的原因作出了合理的解释，并且在工程技术方面提出了自己的观点，最后，他拿出了自己对产品的改造设计图。这个设计非常先进，恰到好处地保留了原有的优点，同时又能避免出现问题。

按照史蒂芬的提议，公司生产出来的产品受到了客户的一致好评，他很快就因为对公司的巨大贡献而被聘为负责生产的副总经理，之后几年中，史蒂芬又通过自己在基层工作时所记录下来的点点滴滴，不断改进着公司的管理和生产。十年之后，史蒂芬不仅荣升为维斯卡亚公司的 CEO，个人财富也跻身美国前五十名！勤于工作的史蒂芬在之后的十几年里，先后出版了六套机械制造专著，其中最著名的《机械制造业基层管理》还被收入了美国的三所大学当教材。

史蒂芬当初的那几位同学至今依旧做着他们那一成不变的工作，他们时常羡慕地问他是怎么做到这一切的，而史蒂芬的回答总是让人似懂非懂的一句话："因为我曾经把自己当成一颗种子钻进了土壤里！"

黑暗中的珍珠

/朱成玉

台湾之旅，认识了一种叫莲雾的水果。它们原来生长于印度和马来半岛，后来被荷兰人移植到台湾。

莲雾，莲瓣上的雾露，且不论它的味道怎么样，单单这诗意的名字，便足够让人垂涎三尺了。它如同莲蓬，但通体的颜色是粉红色的，就如同粉红的荷花瓣，外形像是一个挂着的铃铛，再仔细看，又如同婴儿紧握的小手，所以我的同行者中有几个居然不敢吃，大概就像唐僧不敢吃人参果一样吧。

莲雾也分好几种，近来出现了一种叫"黑珍珠"的莲雾。它比一般的莲雾更甜、更脆，在任何地方都卖得很贵。为什么会有黑珍珠莲雾呢？那个种莲雾的人告诉我们，有一个人把莲雾种在离海岸不远的地方，有一次刮台风的时候，海啸冲上来，冲到他的莲雾田里面。那一天他心里又沮丧又难过，想到他的莲雾一定都死掉了——因为海水涨上来，地都变成咸的，理论上莲雾一定会死的。结果，莲雾不但没有死，那一年生产的莲雾反而特别的甜。奇怪，原因在哪里？他就想，可能是因为海水的关系，是不是可以把莲雾田再往前推向更靠近海的地方？

他动了这样的意念，便把莲雾田移向更可以感受到海水和海风的地方，结果没想到莲雾真的都变得很甜，而且硬度也比一般的高，附着力也很强，就是因为它要对抗海风的缘故。

这个故事给了我们一个很好的启示：一个人如果可以对抗不好的、黑暗的、恶劣的环境，说不定就可以在心里也长出如黑珍珠莲雾一般，更坚强、更甜美、更能够抗拒任何困厄的力量。

此外，我们还认识了一种"港口茶"，这种茶也是种在海岸上，它的茶叶比平常的乌龙茶叶大一倍，而且也厚一倍，摘下来时好像仙人掌一样。这种茶叶很特别，因为它生长的土地充满了盐分，它要与这种盐分抗争，所以就长得像仙人掌一样；而它为了要忍受海风的侵蚀，所以味道也非常强悍。恶劣的环境可以考验一棵植物，恶劣的环境当然也可以考验一个人！当我第一次喝到港口茶的时候，心里就非常震动，这么好的茶居然都没有人知道。

这就是苦难的力量，能摧毁人也能锻造人。当我们的人生不得不面临一些黑暗的时候，我们不能一味地躲避，蜷缩进气馁的墙角，苟延残喘。我们要学会借力打力，借着黑暗的力量打败黑暗，从而在黑暗中把自己磨砺成一颗珍珠。

梦想让你与众不同

/朱砂

今天，在世界的各个角落，无论是清晨还是傍晚，总有数以千万计的男人们脸上涂着肥皂泡儿，对着镜子，用一种叫做"蓝吉列"的刀片刮着胡子。世人对于美国"刀片巨人"吉列公司也许并不陌生，然而却鲜有人知道这样一个让男人的日常生活变得轻松、惬意的发明，是源于吉列公司的创始人吉列的一个梦想。

童年时的吉列由于家境贫穷，读书不多，十几岁便开始学做生意，后来当了推销员，过着衣食无忧的生活。然而吉列并不满足过这样的生活，总想轰轰烈烈地干一番大事业，周围的人都嘲笑他想过上等人的生活想疯了。

1891 年，吉列遇到锯齿瓶塞的发明人彭特尔。彭特尔向他建议，集中精力去开发顾客必须反复购买、用完就扔的产品，是一条成功的捷径。这一观点激起了吉列强烈的兴趣和好奇心,从那时起,每到晚上,吉列总要煮上一壶咖啡,一个人坐在沙发上,一边品尝着咖啡的美味,一边不断思索着:"开发顾客必须反复购买、用完就扔的产品……"

1895年夏天的一个早晨,吉列正在一家旅馆的房间内剃胡子,当他拿起刮刀时,却发现刀口已不锋利,外出推销是不可能带着笨重的磨刀石的,无奈,他只得忍着痛一点点地刮着胡子。好不容易刮好了,脸上却留下了几道伤疤。难道世界上就没有比这更好的剃须刀吗? 想着想着,吉列突然眼前一亮:啊! 这不正是"用完就扔掉的"东西吗?

回到家,吉列立即辞去了推销员的工作,专心研究、设计一种安全、锋利的剃须刀。没有了收入,吉列原本就不富裕的生活开始捉襟见肘,有时在街上遇到熟人或朋友,大家都纷纷躲着他走,生怕这个穷光蛋会给自己带来麻烦。好在吉列的妻子很理解他,用自己做零工的钱支撑着他们那个风雨飘摇的家。

一天,正在做实验的吉列突然眼前发黑,倒在了地上,妻子赶紧把他扶到屋外的长椅上休息。当吉列从昏迷中醒来时,突然被眼前的一幕情景深深地吸引了:离他不远处的田野里,一个农民操着一把耙子,把地整修得又细又平。这是什么道理,是不是与那很密的耙齿有关? 刹那间,吉列思维的星空豁然开朗:我为什么不能把安全剃须刀设计成耙子一样的呢?

一时间,吉列忘记了自己虚弱的身体,马上信心十足地跑回实验室,着手研究制造薄钢刀片,并用一个像耙子那样的"T"形架子把刀片夹起来。

　　然而当他兴致勃勃地把自己的新产品摆在朋友们面前时，却得到了一通嘲笑。可他并没有放弃。1901 年，吉列的好友将吉列刮胡刀的设想告诉了麻省理工学院毕业的机械工程师尼克逊，尼克逊同意研究吉列的设想。数周后，尼克逊成为吉列的合伙人。尼克逊在吉列原有设想的基础上加以改造，于是安全、方便的吉列剃须刀终于诞生了。

　　在吉列刀片问世翌年，竟然创造了 1240 万美元的惊人业绩。接下来，吉列着手在世界各地投资兴建了许多座吉列刀片分厂，使吉列刀片的生产与销售节节攀升，吉列因此成功实现了他的梦想，并轰轰烈烈地开始了他的创业生涯。

　　德国著名的音乐家舒曼曾经说过："人才进行工作，天才进行创造。"吉列用他二十年如一日默默无闻的潜心研究，使自己从一个小人物一跃成为改变了数亿普通人生活质量的天才。今天，当吉列刀片走进千家万户、成为成年男人必备的生活用品时，又有谁还敢嘲笑当初那个梦想的荒唐？

　　"奋斗改变命运，梦想让你与众不同"，在文章的结尾，笔者把这句话送给今天所有在自己的人生路上正踌躇满志的年轻人，愿你们每个人都能从吉列的人生轨迹中有所启迪。

桃木手镯的如水流年

／卫宣利

A

　　桃桃 12 岁那年,第一次见到林灿。13 岁的林灿,是个清瘦冷峻的少年,跟在许阿姨的身后,冷冷地注视着这个陌生的家。许阿姨的手,抚在林灿的肩上,低声催促他,叫爸爸啊。

　　林灿的嘴始终紧紧闭着,嘴角有一道坚硬的弧线,很倔强的样子。爸爸宽容地笑,憨厚地说,别为难孩子,叫什么都行。又拉过桃桃,桃桃却不等爸爸开口,已经乖巧地趋前一步,清脆的声音如风拂银铃:"许阿姨好,灿哥哥好。"许阿姨便喜得一把拉住桃桃,亲切地整整桃桃的衣襟,摸摸桃桃的小辫,嘴里一个劲儿地说:"真是可人疼的丫头……"旁边的林灿却鄙夷地哼了一声:"就会讨巧卖乖!"便摔门而去。

桃桃5岁时，妈妈便在一次意外的车祸中去世，一直由爸爸带着。林灿有爸爸，但是脾气暴烈，喝酒打人，把一个家弄得支离破碎。父母离异后林灿便跟着妈妈。桃桃爸和许阿姨经人介绍走到一起，他们这个家，也就这样复杂地组合在了一起。

桃桃喜欢这个新家，每天放学回来，看到桌子上热腾腾的饭菜，空气里氤氲着饭菜的香味，桃桃小小的心便欢喜地开出花来。她喜欢跟在许阿姨后面，帮她剥根葱洗棵菜；喜欢傍晚时一家人围在餐桌前，悠闲地吃饭。桃桃总是叽叽喳喳说学校的事情，不然就追着许阿姨问东问西。而林灿，只是闷头吃饭。有时候桃桃夹了林灿喜欢的糖醋排骨放到他碗里，乖巧地说："灿哥哥，阿姨做的排骨很好吃呢。"林灿头也不抬，吃到最后，必定仍把那块排骨留在碗里。

桃桃的心，有细小的失落。她从小就希望有个哥哥，可以带她去树上捉蝉，帮她撑起橡皮筋让她跳，还有，隔壁班的小胖，总是在放学路上拦着她，把她梳得整整齐齐的小辫弄得乱七八糟。她不敢告诉爸爸，只是期盼，如果有个哥哥就好了。

可是，冷漠的林灿，完全不是哥哥的样子。

B

桃桃和林灿在同一所中学读书，学校离家有十几里的路程。家里只有一辆自行车，每天早晨，桃桃坐在林灿的车后，让林灿载着她，一路晃晃悠悠地去学校。林灿吃饭的速度很快，桃桃跟着他，吃饭也常常囫囵吞枣。有一次她吃得稍慢一些,出门时林灿已独自骑着自行车走出好远。桃桃在后面追着跑,当然追不上。桃桃便急了,停下来,把书包狠狠摔在地上,声嘶力竭地喊:"林灿,你给我站住!"

林灿站住,回头看她,眉头微皱,目光里有无奈,有躲避,又有揶揄。桃桃使性子,赌气在原地站着不肯动。林灿无奈地摇摇头,回头帮她捡起书包,背在自己肩上,又拽着她的手往前走。桃桃低了头,脸颊微红,心跳如鼓。桃桃眯着眼睛,一任那双温暖的手,把她往前牵。是四月,有风,空气里弥漫着梧桐花的香甜,芬芳的气息一直流到桃桃的心里,泛起柔柔的波。

林灿是学校里功课最好的男生,总有女生绕来绕去地跟桃桃打听林灿,桃桃便把头一昂,很骄傲地把长发往后一甩:"林灿,是我哥哥啊。"又小心翼翼地加一句:"他对人可凶了,你不要去招惹他。"看着女生们吓得吐吐舌头,仓皇逃离,桃桃便开心地一跃连上三级台阶,却没站稳,身子晃了两晃,眼看就要摔倒,正好被一双手稳稳接住。林灿仍然眉头微皱,一副不情不愿的表情,嘴里嘟囔:"玩杂技呢?"

C

16岁的林灿,蜕变成一个沉稳大方的男生。温暖安逸的家庭环境,渐渐磨去了他的尖锐和冷漠,脸上开始有浅浅的笑意。林灿的心,在桃桃对他的亲热和崇拜中,日渐温厚而细致。对桃桃,林灿也学会像亲妹妹一样宠着。他会用卖旧报纸的钱,给桃桃买初夏新上市的菱角,回来用刀切开,再一个一个挤出粉白的米来,桃桃便喜笑颜开,只顾忙着捡了往嘴里丢。冬天下了晚自习,林灿在学校门口等着桃桃,手里捧着一袋奶油爆米花,或者一个热腾腾的烤红薯。桃桃坐在林灿的车后,一边吃一边大声地唱歌,林灿在前面哼哧哼哧努力地蹬着车,桃桃突然伸着手臂,把手里的红薯递到林灿的嘴里:"哥,加点油啊。"

学校里组织春游,景区的地摊上,有卖各种各样的饰品。桃桃看中了一对桃木手镯,古朴雅致的造型,粗犷流畅的线条,桃桃缠着林灿:"哥,买了吧,回家就还你钱,大不了我一个月不吃早饭。"林灿笑着敲她的脑袋:"丫头,不许赖账哦。"

手镯戴在手上,桃桃快乐得像个孩子,上下晃动着手腕,两只镯子轻轻相击,发出清脆悦耳的声音。林灿看着阳光下长发飞扬的桃桃,想起一个词:环佩叮当。

桃桃没有还林灿的钱,林灿说,当是哥哥提前送给妹妹的生日礼物。而事实上,清贫的家境,是不允许桃桃有这样的奢侈的。林灿一个月没有吃早饭,才把这笔钱省了出来。

D

一场高考,成了彼此命运的分水岭。林灿考到了上海的大学,而成绩同样优异的桃桃,竟出乎意料地落榜。

爸爸和许阿姨商定,让桃桃再复读一年。桃桃却很决绝地一把火烧了所有的课本,她说我一看书就头痛,不如找个工作先做着。

秋天的时候,林灿将远行去上海。离家前,林灿在桃桃的房间里坐到很晚,话说了很多,反反复复只有一个意思:桃桃,你不能放弃,我在上海等你。桃桃看着眼前这个清秀的男生,心里有淡淡的疼痛划过。有些事,还是不说了吧。

桃桃找的工作,是在一家塑料纤维厂做包装工。厂里环境很不好,到处都是飞扬的纤维丝,桃桃的皮肤对纤维过敏,粘上去便红肿一片,奇痒难忍,只好每天用工作服把自己包得只剩下两只眼睛。可是桃桃给林灿的信里写:哥,我在美容院做美容师呢,真是美女如云啊,等你回来,介绍美女给你认识哦。

桃桃的信写在没有方格的空白纸上,纯蓝的墨水,一笔一画清秀婉约,折得方方正正。写信时,桃木手镯在腕上叮当作响,桃桃静静看着,会突然涌起莫名的惆怅。

每个月15号,林灿会准时收到桃桃寄到学校的汇款单。桃桃在附言里写:哥,爸又涨工资了,你不要心疼钱,多买好吃的补身体。林灿的回信,讲学校的篮球场绿草地,讲有趣的教授漂亮的女生,末了,千篇一律地叮嘱她:桃桃,大学的环境和氛围最熏陶人的气质,你一定要来哦。桃桃在狭小黑暗的宿舍里读林灿的信,读完了就把信平平展展地压在枕头下,继续去车间里装纤维。

19岁的桃桃已经明白,有些距离,是为了爱才心甘情愿去拉开的。

E

大三那年暑假,林灿回家。桃桃带了男孩子回家来,两个人很亲密的样子。林灿拉了桃桃进厨房,他还没开口,桃桃已经得意地指着那个男孩子,很甜蜜地对林灿说:"哥,他很帅吧?"

　　林灿抓着桃桃的手，慢慢地松开。他看到桃桃的腕上，已经没有了那对桃木手镯，激昂的心一下子就黯然下来。他不能不接受现实：这个从 12 岁开始就跟在他身后喊他灿哥哥的女孩儿，原来只是把他当作哥哥。而她，终究要有另一个人去爱的。

　　暑假没过完林灿就走了。他说准备考研，时间总是紧张。桃桃送他去车站，在车站旁边的商场里，桃桃买了很多的东西，让他车上吃。林灿忽然发现柜台上摆放着桃木手镯，是那种桃桃喜欢的古朴的色彩，可是他，还有买下来的必要吗？

　　桃桃远远看着林灿发呆的背影，心里又酸又涩。

　　火车轰隆隆开过来，桃桃歪着头，调皮地笑着说："哥，要走了，来，抱一个。"林灿张开双臂，轻轻拥抱了一下桃桃。他说："丫头，结婚了要记得告诉哥哥啊。"桃桃没有言语，瘦小的身体，在他的怀里微微颤抖。

　　林灿回去后便不肯再用桃桃寄来的钱，他说做了教授的助教，还有家教，完全可以应付日常开销。

F

　　林灿毕业后，留在上海一家合资公司工作。他很少回那个小镇，只是每月准时寄钱回去。有时候，在某个午夜，他会突然醒来，想起那个跟在他身后叫他灿哥哥的女孩儿，想起那些流年碎影里，她潮红的脸，悠然荡起的双腿，塞到他嘴里的烤红薯，还有那对桃木手镯……桃桃，她该结婚了吧？

　　林灿没有等到桃桃的结婚请柬，却收到母亲的信。他匆匆匆赶回去,已再听不到桃桃叫他哥。

是心脏病突发。

父亲说,其实桃桃有先天性的心脏病。

父亲说,那两年,父亲母亲双双下岗,他的学费,其实都是桃桃打工赚的。

父亲还说,桃桃哪里有什么男朋友,她是希望哥哥能过正常的生活。

父亲老泪纵横。

林灿在桃桃的房间里呆呆坐着,在桃桃的小抽屉里,他看到他写给桃桃的那些信,整齐的一摞,被压得平平展展,上面放着那双桃木手镯。他拿起来,细细抚摸,忽然看见手镯的内圈,刻着一行细小的字:如果不能爱你,要心有什么用?

暮色渐次升起,窗前的栀子花散发着幽幽的暗香,林灿在黑暗中潸然泪下。他一直以为自己的爱满满地都给了她,却原来,从一开始,就是她更深更浓的爱,盈盈地包围了他,让他在如水流年中,一点点懂得爱的牺牲与成全。

奔跑的姿态离理想最近

/李丹崖

大学快要毕业的时候,我被安排到一家报社实习,第一个采访对象是一家电影院的老总。和其他老总不同的是,他拥有整个城市最大的连锁影院。每逢节假日,他都会让自己的员工奔走在大街小巷,开展一些定期赠票、影迷回访、筹办影迷会等各项酬宾活动,经过多年的积累,如今他已经身家上千万。

提起他的发家史,他感慨良深地打开了话匣子。

原来,先前的他只是一个电影发烧友,整天搜集一些电影海报,对着无人的旷野大声地诵读着经典的电影对白。一个偶然的机缘,他走进了放映室,当他进入放映室的一刹那,他就作出了一个惊人的决定,他要做一名电影放映员。

那年七月,他拿出了家里所有的积蓄,从别人那里买下了一套陈旧的电影放映设备,并贷款购买了许多别的电影院淘汰的电影带，经过一系列的努力，他终于如愿以偿地成了一名农村放映员，每天拉着放映机穿梭在村落与村落之间，所有的收入除去电费，剩余的就微乎其微了。

就这样，他坚持了两年，两年后，他结婚了。新的家庭面临的是更重的经济负担，单单靠他放电影所挣到的钱，已经远远满足不了家庭开销。面对妻子的指责和亲戚朋友的规劝，他也动摇了。他答应了妻子的要求，决定最后再免费为村民放映一场电影，算是对支持了自己多年的众乡邻的回报。

那天，他放的是最新的好莱坞大片《阿甘正传》，他也是第一次看这部电影，剧中的主人公阿甘一生都没有停止过奔跑，是奔跑成就了阿甘传奇而又瑰丽的一生。阿甘在剧中说的那句台词深深触动了他的心——"生活就像一盒巧克力，你永远不知道会得到什么。"当他听到阿甘说这句话的时候，他抬头望了一眼正在放映机上旋转的胶片，他想，那一帧帧的胶片不正是依靠飞速奔跑，才串联成一部发人深省的电影吗？

电影结束后，他把原本准备好的"告别"咽到了肚子里。此时，他恍然大悟，自己应该像阿甘和电影胶片一样，在属于自己的生命轨迹上不停地向前奔跑。三年后，他承包了镇上的电影院，经常给学生们放一些红色经典电影。五年后，他在城市开了一家属于自己的电影院，除了放映新片，电影院循环免费放映的几部电影有《阿甘正传》《疾走罗拉》《胖男孩快跑》《马拉松》《火的战车》等近十部，每一部都和"奔跑"有关。

采访结束的时候,他说,多年以来,阿甘奔跑的姿势一直活跃在他的脑海里,是"奔跑"这样一种姿态改变了他的命运。他想用更多有关"奔跑"的电影,来告诫所有光顾他影院的影迷:奔跑的姿态离理想最近。

其实,也正是电影院老总的这句话,更加坚定了我的信念,让我在毕业后,义无反顾地选择了记者这一职业。

我知道你没那么坚强

/徐立新

我是遗腹子。

爹死于一场飞来横祸,他是在乘凉的时候被一块从屋顶脱落的水泥块砸中头部的。爹死后,娘就开始遭受来自婆家人的非难,他们一致认为,是娘揪死爹的,当初娘就不应该主动和爹好,原因是爹姓梁,而娘偏偏姓祝,"梁"遇到"祝",注定结果只能是灰飞烟灭。

这样一个毫无根据的逻辑,却轻而易举地把娘逼进了死胡同,让她走投无路。无奈之下,腹中还怀着我的娘,不得不自谋生路,靠帮人打零工赚钱。

我快要出世的时候,娘还挺着一个大肚子,用板车给别人拉砖。满满一车的砖,足足有一百多公斤重,娘拉着它,跑得飞快,上坡也一点不含糊。

可是,娘还是在一次下坡的时候出了意外。她没有能够及时刹住自己的脚，惨剧随之发生了，娘先是被板车巨大的俯冲力撞倒在地，而后，一条腿就被板车无情、结实地轧了过去。娘随即昏死了过去，直到有路人发现她。

娘被人送到医院后，医生摇了摇头说，轧得太狠了，而且送晚了，只有截肢。为了不使腹中的我受到任何一点伤害，医院没有给娘打麻醉药，娘是被绑着做手术的，昏死了好几次。

一个多月后，不懂事的我竟要提前挣脱出来，这次就更让娘遭罪了。当时由于受截肢的影响，娘的整个下半身还都处于无知觉状态，因而无法按正常的方式生产，只有实施剖腹产。

像上次一样，娘又被五花大绑绑了起来，在注射了极少极少的镇痛剂和麻醉药的情况下，痛苦地生下了我。

两次住院几乎把娘的积蓄都花光了，当娘欣喜地抱着我坐车回到家的时候，迎接她的却是一把冰冷的铁锁！爹的兄弟——我的那些伯伯、叔叔没有一个愿意接纳我和娘。本来就不富裕的他们都不愿意惹事上身。

娘只得回自己的娘家。可是，娘也没有什么娘家人，只有一个老实巴交的堂兄。而且，按当地陈腐的风俗，女人是不能在娘家坐月子的，否则，娘家所在的整个村子都会遭到报应，轻则五谷不收，重则横祸连连。

娘的堂兄只得给娘在村外的麦地里搭了一个矮矮的草棚，四周盖上厚厚的稻草。当时，正是寒冬腊月，外面一直下着雪，娘就一个人在冰冷的草棚里，给我喂奶，拖着虚弱的身子，拄着木棍下水洗尿片……

也许是上天可怜我们母子，在那样恶劣的环境下，我和娘竟然都活了下来！后来，娘说，是我清脆的啼哭声和天真的微笑给了她与天地斗的勇气。

我满月后，堂舅帮娘做了一根槐树拐杖，从此，娘就在这根拐杖的支撑下，背着我，一步一步地继续生活，挖野菜、拾煤渣、卖桐油果……娘坚强倔强地支撑着我走过一个个透明的日子。

我九岁那一年，村里兴起一股捕蛇风，有专门的蛇贩子来高价收蛇。一时间，人人都加入到了捕蛇的行列之中，有不少人一个月甚至能挣上千元。看得眼红的娘，就再也坐不住了，竟然也要参与进去！

可是，一个拄着拐杖的人怎么可能捕到快如利箭的蛇呢？

但娘相信她能！并开始拄着拐杖练习——在山地里、草丛中、乱石处快速奔跑。伴随娘的是一次又一次的摔倒，一次又一次的皮破血流！

无法相信的是，练到后来，娘真的成功了，她的那条拐杖如同完好的一条腿，长在她的身体上，与另一条正常的腿，共进共退，敏捷一致。

娘开始涉足于深山丛林中，专捕那些值钱的蛇，家里的日子也随之一下子宽裕了不少。由于娘的麻利和雷厉风行，在捕蛇的过程中，从不输给任何一个躯体正常的人，因此赢得了一个绰号——"单腿蛇婆娘"。

娘这一捕就没有停下来过。

五年后，娘终于让自己名声大振，她制造了一个特大新闻，而当时的我正在读初三。

事情的起因是,有人传说十里之外的一座山上,藏着一条有成人拳头那么粗的大蛇,很多人都亲眼看见它在山上游动过。大家纷纷传言,要是捕到那条蛇,至少能卖一千多块钱。但风险也是不小的,搞不好会被大蛇活吞下去。

娘于是就去了,带着干粮,守蛇出洞。

功夫不负有心人,那条大蛇还是被娘等出来了,很粗很长。由于太过欣喜,娘几乎忘记了所有的恐惧和危险,就追了上去。那条大蛇也不是好惹的,刚一交手,娘就被它死死地捆了起来,但好在娘抓住了大蛇的头部,使它无法张口咬娘,根据多年的捕蛇经验,娘抱着蛇在山上不停地打滚,以此来消耗掉大蛇的体力。最后,终于把大蛇折腾得没有了力气,娘成功地捕获了它。

很快,娘的壮举被人们越传越神,引起了县电视台的注意,电视台的记者带着动物专家特意赶来采访娘。经专家鉴定,娘抓的那条大蛇有很大的毒性,要是被咬上一口,性命难保。记者问娘,你不怕吗?咬上一口,你就没有命了。娘回答:要钱就不能要命,一千多块啊,哪还能顾得上命!娘的这句话,让围观的人哄堂大笑,而我的泪水已经开始在眼眶里打转了。

记者又问,你这么辛苦,这么坚强地挣钱养活儿子,等他以后长大了,你希望他怎么报答你?

娘说:我哪是坚强啊,我是在儿子面前假装坚强。等他长大,要是有能耐了,给我换一根拐杖就好,现在的这个,头秃了,容易打滑,跑不快!母亲对着镜头平静地说着,我的眼泪终于忍不住了,汹涌而出。

第八辑

有一些心事，再无法忘怀

你能得到多少分贝的掌声

/朱成玉

那年我正在上高中,参加了一次演讲比赛。

那是一次级别很高的演讲比赛,要求演讲者就美丽、博学、勇敢和诚实哪一个更重要展开阐述。为了体现比赛的公正性,评审团偷偷地在角落里放置了分贝器,以每个人所获得掌声音量的分贝大小作为评审的参照。

我是唯一一个来自高中校园的学生。在这之前,我是高傲的。从小到大,我都是在一片喝彩声中度过,不知不觉之间便有了一种优越感。为了这个参赛名额,我求了老师很多次,加上我在学校里确实非常优秀,全校老师最后一致推选我代表学校参加演讲。从报名到参加演讲,一直是那点所谓的自信在推动我,可是当一个个演讲者从容淡定地引经据典、旁征博引地进行了精彩演讲之后,我的自信心第一次受到了重创。我开始紧张了,清醒地看到了自己和他们的差距,简直是天壤之别。我开始后悔自己辛辛苦苦争取来的机会了,但一切已经来不及,马上就要轮到自己演讲了。

演讲会场上的掌声此起彼伏,评审团的工作人员不停地测着掌声的分贝。

在那些于某个知识领域小有名气的人物面前,我有些战战兢兢地上台了。本来那个演讲稿在脑海里早已是滚瓜烂熟的,但不知道怎么了,看着台下黑压压的人群,竟开始前言不搭后语,甚至有那样一刻,脑子里一片空白,演讲词被我忘得一干二净。在经过了几分钟尴尬的沉默之后,没办法,我只好为自己打了个圆场:不好意思,对不起大家,我把演讲词忘了! 这时候台下开始出现小面积的议论,继而是大面积的嘘声,我满脸通红,低着头匆匆离开了演讲台。

我躲到角落里,仿佛是在经历世界末日一样等待着演讲会的结束。家人和老师的安慰使我更加感到难过。

演讲会结束了,一位律师身份的演讲者凭借渊博的知识和动感十足的演讲获得冠军,他赢得了现场观众热烈的掌声,掌声的音量超过了 80 分贝! 而我的掌声音量为零!

主持人在最后总结的时候特别提到了我,说我作为一名高中生,能够有勇气来参加比赛本身就是一种成功。我和所有参赛者一起被邀请到了演讲台上,每个人要做一段最后的致辞,我不得不再一次拿过那让自己难堪的话筒。

我说自己虽然忘掉了准备好的演讲稿,不过在心里,另外拷贝了一份没有草稿的演讲稿,希望主持人能给我一个表达的机会。

我说:"现在我才知道,今天我来这里,是有些自不量力的。我以为自己穿上了漂亮的外衣就是美丽，我以为自己每门功课都考了第一就是博学，我以为自己敢为女同学出头找欺负她的男生算账就算勇敢，我以为每天晚上对妈妈如实汇报学习和思想情况就是诚实，但是很显然，我是太过幼稚了，在今天这些老师的面前，我第一次感觉到自己的渺小，我觉得自己就是那只第一次跳出井底的青蛙，看着广阔无边的世界，置身浩瀚的知识海洋，只有惊呆和惭愧！所以，在这里，我深深地打量了自己，我所自认为的美丽不再是美丽，我所自认为的博学不再是博学，我所自认为的勇敢不再是勇敢……"

现场开始安静了下来。

"但是今天，"我羞涩地笑着说道，"我认为自己唯一值得表扬的地方就是诚实，因为我确实是把演讲词忘掉了，而且是忘得一干二净。"

现场观众开始发出了善意的笑声。

"所以我认为，你可以不美丽，但你不可以不博学；你可以不博学，但你不可以不勇敢；你甚至可以不勇敢，但你无论如何，不可以不诚实！"

现场爆发出了热烈的掌声！评审团惊奇地发现，我所获得的掌声音量接近了 90 分贝！竟然超过了今天的冠军。

虽然我在美丽、博学、勇敢上都输给了别人，但我用我的诚实，赢得了掌声！

我带手电了

/姜钦峰

　　大学的暑假，她和两个师兄去了敦煌莫高窟。他们每天去洞里参观，下午四点景点关闭后，两个师兄就背着摄影包出去采风。只有她无所事事，百无聊赖，当地夏天的白昼极长，晚上十点仍有自然光。她便打算利用下午时间，去看看向往已久的沙漠，但每次提出来都遭到师兄反对："你别胡闹了，要去也得哪天早上一起去。"也没人告诉她，为什么下午不能进沙漠。

　　一连好几天，终于抵挡不住沙漠的诱惑，她决定单独行动。她心想，你们不让我进沙漠，无非是担心天黑了，怕我一个人走丢，我才没那么笨呢。她向当地人借了一个手电筒，装干电池的，足有半米长，两头有带子可以背在身上，挺沉，仿佛一杆长枪。有了这件超级武器，她顿觉信心倍增。

　　那天下午，一切准备就绪。她头戴破草帽，肩上交叉斜挎着手电筒和水壶，胳膊上绑着湿毛巾，还带了一把短刀和一盒火柴，像个全副武装的战士。临走前，她特意给两位师兄留了个小纸条："我去沙漠了，你们不用担心，我带手电了。"然后，她满怀信心，顶着烈日独自出发了。

刚进入沙漠，胳膊上的湿毛巾就"嗞嗞"地冒白雾，此时气温高达四十摄氏度，但她已被另一番景象吸引。天空是明艳的蓝，地上是耀眼的黄，相互交错辉映，如梦似幻。金灿灿的阳光，像大把大把的金属末，刷刷地抛洒下来，落地成金。一望无垠的沙丘，一尘不染，一脚踩下去，"哗"地溢出一片流沙，然后刻下一个深深的脚印。沙漠如此古老，而自己如此年轻，她不由得心潮澎湃，豪情万丈，感觉是去赴一个千年之约。她丝毫没有察觉，危险正悄悄袭来！

天快黑了。她突然感觉身上凉飕飕的，环顾四周，天空已变成了一口大锅，笼罩四野，四面八方的沙丘竟然一模一样。她本来是顺着一条干涸的河道进来的，此刻别说河道找不着了，就连东南西北都分不清了。正迟疑间，她浑身又一阵哆嗦，此时气温迅速下降了三十多摄氏度，一下子从火炉掉进了冰窟，而她身上只穿着牛仔短裤和小背心！

求生的本能，让她暂时忘掉了恐惧。她再不敢随意走动，只能等到天亮再说，当务之急就是生火取暖，否则会被活活冻死。沙漠里只有一种蕨类植物骆驼刺，她拿出短刀，拼命地连挖带扒，双手被刺得鲜血淋漓。好不容易挖出一大堆骆驼刺，拿出火柴点火，却怎么也点不着，火柴只剩下小半盒！这时，她想起身上还有一条毛巾，又把毛巾垫在底下引火，终于点燃了骆驼刺。她手握着短刀，一会儿烤火，一会儿又去挖柴火，丝毫不敢松懈。

一直忙到快天亮,两个师兄顺着火光找来,终于发现了她,上来就是一顿臭骂:"你这个傻丫头!你知道沙漠有狼吗?你知道沙丘会平移吗?你知道沙尘暴吗?你知道沙漠的日温差有三十多摄氏度吗?"她什么都不知道,闻所未闻,吓得脸色苍白,连连摇头。

"你不是说,你带了手电吗?有用吗?"她猛然想起,手电还背在身上,别说用,连摸都没摸过。而她当初正是仗着这个手电,才敢孤身勇闯沙漠,哪曾料想,真正到了紧要关头,其他东西都起了作用,唯独手电毫无用处。简直是个笑话,好在有惊无险。

你也许猜不到,这个年少莽撞的"傻丫头",就是于丹。那天在电视上,听她讲起这段沙漠历险记,我也忍不住大笑。不过,故事还没结束。

于丹硕士毕业后,被分配到一个叫柳村的地方工作。那里地处偏僻,条件异常艰苦,她感到前途渺茫,一度消沉沮丧,萎靡不振。

一天,她忽然收到一封奇怪的来信,不见抬头、落款,只写了一句话:"我什么都不怕,我带手电了!"不用问,信是师兄写来的。直到七年之后,她终于明白,当年那个手电其实是有用的,它的作用不是用来照明,而是给了自己独闯沙漠的勇气和信心,让自己无所畏惧,勇往直前。"是啊,我连沙漠都闯过来了,柳村又有什么可怕的呢?"她重新振作起来。否则的话,今天在央视《百家讲坛》上讲《论语》的,恐怕就不是于丹了。

事实上,向前跨出一步并不难,难的是,你是否有跨出去的勇气。

鞋底上的选举

/**感动**

2007 年 11 月，当选美国弗吉尼亚参议员的卡普·彼得森，当众展示了自己在竞选中被磨破的鞋底。这个带着破洞的鞋底，向人们展示了美国议员的工作方式和态度——除了在议会开会，其余时间都是在与选民打交道。

为了走访选民，竟把鞋底磨穿，美国议员为什么会有如此高的履职热情呢？原来，美国众议院的议员是两年改选一次，参议院议员是每六年改选一次，并且都通过直接选举选出，因此，在选区接待选民、走访选民、为选民办事成为议员的一项大事，选民遇到问题也会向议员反映。这种沟通既能帮助议员了解民情，也能起到监督议员履行职能的作用，在与议员的接触中，选民将根据议员解决问题的能力以及自己的满意度，决定是否在下次选举时还投他一票。

在美国，除了议员竞选，总统竞选中更不乏鞋底的影子。

1953 年，一幅名为《艾德雷鞋底洞穿》的新闻照片获得了当年的普利策新闻摄影奖。而艾德雷，就是 1952 年的总统候选人。这一年的总统竞选是在二战英雄怀特·艾森豪威尔和伊利诺伊州州长艾德雷·斯蒂文斯之间展开的。艾森豪威尔将军有着非常完美的军人记录，而艾德雷是一位有先见之明的人，以其正直、能干和睿智而著称。为了赢得支持，两位候选人夜以继日地在全国各州走访选民，举行集会，以争取选票。在当年 9 月 2 日的一个竞选集会上，艾德雷正坐在沙发上专注地翻阅着演讲稿，并随意跷起二郎腿。此时，正蹲在他前方的记者加拉格尔看见了他的整个皮鞋鞋底——鞋底有个大洞！立刻，加拉格尔调好焦距，捕捉到了这个平常根本不可能见到的画面。照片《艾德雷鞋底洞穿》一经刊发，马上拨动了万千美国选民的心弦，因为这个带着破洞的鞋底，真切展示了这位总统候选人朴素、务实、亲民的作风。虽然后来艾德雷竞选失败，但这个鞋底却成了美国民主选举的象征。

无独有偶，在美国首位黑人总统奥巴马的竞选细节中，也有鞋底的画面。在奥巴马选举过程中，美国《时代》周刊摄影记者卡莉·谢尔一直进行跟踪拍摄，2008 年 3 月，罗得岛州进行总统初选，当时奥巴马正在一间储藏室里跷着腿看文件，这时卡莉偶然看到了奥巴马的鞋底上竟有两个圆圆的洞，卡莉立即按下了快门。奥巴马问她是否拍到了他的鞋底，卡莉说是的，然后奥巴马告诉她，其实在一年前开始竞选的时候，他已经为这双鞋换过一次底了。

一直以来，关于美国的选举和民主，我们的思维早已被打满了马克·吐温在《竞选州长》中描述的印记:为了当选,竞争对手之间互相攻击、诽谤、谩骂,甚至无所不用其极。但是当我们客观地看待美国近些年来的选举,则会发现许多真实动人、值得肯定的东西:候选人要不分昼夜地奔波劳碌亲力亲为;随时倾听、记录选民的意见;在选民面前要一直面带微笑;和选民握手握到手掌酸痛;向选民陈述自己的竞选理念时声音也讲到沙哑;走访选民要走到鞋底出洞……

也许,要想了解一名美国候选人为赢得选举需要付出多大的代价,他们的鞋底应该是一个不错的答案。

帕克那屋顶上的时光

/李丹崖

八月的一天，我只身一人背上行囊去了丽江。算好了时间，我如愿在一个黄昏抵达束河，目的是想看看落日余晖里，古镇那黛色的屋顶，房檐下红玛瑙一般的辣椒，还有石板桥下，那些来自玉龙雪山的淙淙流水。我总觉得，这样一个小镇给人的感觉是那样的安然、舒适，非常适合一个人静思。当然，也适合滋生浪漫情调。

不喜欢热闹，所以，我选择了一家名叫帕克那的旅馆住宿，我喜欢这里木质的房子，露天的茶馆，还有茶馆里飘出来的茶香，还有一位老艺人咿咿呀呀的胡琴，以及仰起头即可撞见的天井里几个调皮的星星。这里，像极了一个远离尘嚣的府邸。

吃过晚饭，叫了一杯菊花普洱，没有选择去下面的茶馆，而是沿着木制的楼梯攀上了屋顶，在那里，我觉得应该和挤进天井里的那几颗星星距离更近一些,心里也更安静一些,这样,仿佛可以听到远在玉龙雪山上的一块冰,化成雪水,变成潺潺溪流,从帕克那旅馆的侧翼淌过。

正当我抬头呼吸清新空气的时候,木制的楼梯噔噔地响了起来,走上来的是一个约摸四十岁的外国男人,手里抱着一把吉他,与我相视一笑,就到了对面的屋顶上,坐下来,吉他也便响了起来。

他的吉他声,在帕克那的屋顶上是那样的悠扬,吉他声的旋律里也充满了诗意,这是一首我从来没有听过的曲子,外国男人弹了又弹,一直弹了二十遍左右。我不敢轻易打扰他,给服务生做了个手势,要了一杯菊花普洱,端着茶向他走去。

"你好,冒昧地问一下,这是一首什么曲子? 我以前从来没听过。"我用蹩脚的英语上前搭讪道。

外国男人淡然一笑,用一口流利的汉语对我说,你肯定是在别处听不到的,这首歌是我妈妈原创的,四十五年前,也就是在这个屋顶上,她就是用这把吉他作出了这首曲子。

你的妈妈四十五年前就来过这里? 我一瞬间愣在那里,惊讶地望着外国男人。

外国男人接过我送的茶,说了声谢谢,邀我坐下来,他便打开了话匣子——

是的,正是在四十五年前,我的妈妈来到中国,在这家旅馆与一个名叫布朗的男人相遇,他们一见钟情,便一发而不可收地相恋了。布朗是一个画家,来束河写生,妈妈的吉他弹得很好,男人是顺着吉他声走进妈妈的世界的。他们在束河玩了整整半个月，直到他们的钱所剩无几。

布朗是威尔士人，家里并不富裕，靠给装饰公司做一些艺术装帧为生，尽管这样，妈妈回家以后，还是冲破了重重阻力，和他结婚了。

结婚后，他们约定每年都来一次束河，一方面是为了布朗写生方便，另一方面是为了追忆旧时光。他们每次来束河必住这家旅馆，每次又都要在这家旅馆的屋顶上相互依偎着坐一坐。夕阳西下，布朗的画作还差几笔，妈妈就在这样的情境下，写下刚才我弹奏的那首歌，取名叫《帕克那屋顶上的时光》。

两年后，布朗终于有机会去伦敦开了一次画展，画展的主题就是《帕克那屋顶上的时光》。布朗的画作得到了业内专家的一致认可，所有画作瞬间被抢购一空。布朗有钱了，在威尔士的一个郊区买了一套别墅院给妈妈。地点是妈妈选的，妈妈说，那里远离市区，比较安静，像极了束河的帕克那旅馆。

布朗的画越来越值钱，布朗也越来越有钱，于是，他便和妈妈在威尔士的郊区捐建了一座希望小学，布朗说，小学的名字就叫"帕克那小学"，他要让妈妈做音乐老师，教会学校里的孩子们唱《帕克那屋顶上的时光》。

筹建小学的日子非常辛苦，布朗和妈妈将近忙活了一年时间，卖光了家里所有的画，还贷了许多款。一年后，小学竣工，布朗却累倒在工地上，送进医院一查，才知道是过度劳累引起的心脏病复发，最后引发心力衰竭。

布朗是含着笑离开的，临死前，他让妈妈答应他两个愿望,一个是再弹一遍《帕克那屋顶上的时光》给他听,另一个是找一个有爱心并爱妈妈的男人,和他结婚,把帕克那小学继续办下去。

后来,妈妈结婚了,然后有了我,二十二岁那年我被送到中国留学。我曾经不止一次来丽江旅游,但是,始终不知道在四十五年前玉龙雪山下,还发生过这样一段浪漫的故事。

上个月,妈妈在帕克那小学后院的躺椅上沉沉睡去,再也没有醒来。临终前,妈妈告诉我,一定要到束河来,找到这家名叫帕克那的旅馆,代她在帕克那的屋顶上多弹几遍《帕克那屋顶上的时光》,妈妈说,不仅远在天堂的她能够听得到,布朗也能听得到……

外国男人讲完这些故事的时候,月亮早已升了起来,透过皎洁的月光,我看到他的眼眶里泪水闪动,我不知道该说些什么,只能恳请他,还是再给我弹奏一遍《帕克那屋顶上的时光》吧……

一双鞋的伤害

/胧月

小的时候，就知道妈妈脚不好。一到冬天，满是皴裂，疼得钻心。可那时家里穷，妈妈没有多余的钱给自己买一双绵软、舒适的鞋。

那一年春天，我工作了，在工厂。第一个月拿到 52 元的工资，兴冲冲地跑了几家商场，花 38.5 元钱，给妈妈挑了一双绵绵的、软软的驼绒呢鸭舌棉鞋。手摸着，心里都能涌出浓浓的、密密的暖意。我想着，妈妈穿上它，一定很惬意、很开心。

可是，冬天过去了，直到春节，也没见妈妈穿一回新鞋。我狐疑地问她："妈，我给你买的那双鞋不好吗？怎么不见你穿？"

妈妈支吾着说："哦……我 20 元钱，把它卖给你兰姨了。"

"啊?"我忍不住惊叫。妈妈的话像一块冷冷的石板,拍在我一颗温热的心上。我的眼泪瞬间流了满脸,委屈地说:"那是我人生第一份工资送给你的礼物呀。为此我吃了大半个月的稀饭、咸菜。我的一片孝心,你就这样给贱卖了?"

此后,十几年,无论是三八节、母亲节还是妈妈的生日,我除了给她钱或者买些食物,甚至是她喜欢吃的带鱼,也始终不给她买任何衣物,哪怕小到一双袜子、一块手绢。那双驼绒鞋,始终是我心底的伤痛,连带着极度的失落。我甚至想:妈妈之所以贱卖那双鞋,是重金钱而淡漠亲情。这是我不愿、不敢去想、去触碰的痛。

母亲60岁那年,我答应帮她办几桌寿宴,并给她1000元红包。她说办酒可以,红包不要,让我再给她买一副耳环,小小的就行。

她的要求,像一根针戳进我心里,让我想起那双鞋,让我痛。我顿了顿,冷冷地说:"我给你钱,耳环不买。回头给你买了,你又不知道三文不值两文贱卖给谁了。"

妈妈愕然地瞪着我,泪,从她脸上滚下来。她控制了一会儿,说:"你知道吗?我为什么要把那双鞋卖给兰姨?因为她是村里的会计,之前你们上学,要学费,要生活费,家里钱不凑手,我都偷偷找她去借……我得还她一个人情。原本想把鞋送给她,可她说什么也不肯白要,又非常喜欢。最后,拉扯了半天,我只好收了她20元钱。"

噢,原来还有这么一段"公案"。我搂着妈妈的肩膀,偎着她说:"老太太,别哭了。是女儿我不好,错怪你了。咱这就去买耳环,买一副像铁环那么大的……"母亲扑哧笑着打我。我也笑了。

　　理解,就像阳光,扫除了心里积压多年的阴霾,是多么幸福的事啊。亲情又温暖着我的心。

　　在怨恨他人的时候,理解总是被忘记,或总是在造成伤害之后,才想起:噢,我们,少了理解,就多了无谓的伤害。

善良做芯，爱心当罩

/朱成玉

父亲做灯笼的手艺远近闻名，但父亲从不以此为业，靠它来赚钱。许多人为父亲遗憾，嫌他浪费了这门手艺。父亲却总是憨厚地笑着说：当玩儿了，闲着也是闲着。

逢年过节，很多人家都来求父亲做灯笼。自然不会白求，家境殷实些的，就给些闲钱。所以，童年里我们过年总会吃到很多好吃的，也有新衣服穿，放的鞭炮也多，和别人家的孩子比，我们要算是幸福的了。家境贫寒的穷人，会拿些粮食来求灯笼，他们宁可从嘴里省出来几升粮食，也要做个大红灯笼，图个喜气。他们心中有一个思想根深蒂固，他们把灯笼当成一种寄托，当成了好日子的火种。父亲一视同仁，不管穷人还是富人，一律应允，害得自己整个腊月都闲不下来，忙得昏天黑地。但望着一家家大红灯笼高高挂起，父亲就会一边抽着烟袋，一边很满足地笑，把眼睛眯成了一条连小咬儿都钻不进去的缝。

父亲的灯笼完全是用竹子制成,而且用来编织的竹篾十分精细。这种呈椭圆形的灯笼被称为长命灯,也叫火葫芦或火蛋灯。灯笼通体由竹子制成,故有富贵驱邪之说。竹子四季常青,在民间寓意长命富贵。依我们这里的民俗,逢年节点亮竹制灯笼不仅增加年气,还可保一辈子不受穷。另有虔诚的人说,如果哪家媳妇婚后没有身孕,娘家妈便会在除夕夜偷偷将灯笼点亮悬挂在女儿寝房外。按照此法尝试,来年肯定能抱上孙子。还有的人说,点上灯笼,可以使家里人都健健康康的,没病没灾。各种各样的说法,不一而足,但中心只有一个,都是些善良而美好的愿望。

点灯笼还有讲究,正月过完,一般要将灯笼燃尽。迷信的老人说把灯笼留到来年会对子孙不利,不过父亲不舍得将它烧掉,正月后,将灯笼芯掏空,再用布将两端缝合,就给我当了蝈蝈笼子。

做灯笼是个细致活儿,需经过片竹、削竹、编织、定型、上纸、写字、上油等烦琐的过程,每个过程都需要严谨的操作,只有在灯笼腰身糊裱上一圈红色皱纹纸的时候,灯笼才有了灵魂,细密的纹路衬上红色,一份喜气便骤然附到灯笼身上,挥之不去。

父亲认真对待每一个灯笼,从不糊弄别人,一丝不苟地编制着手中的灯笼,他虔诚地认为,每个灯笼都是有灵魂的,只有认认真真地编制,每尺每寸都一丝不苟地完成,让每根竹条都规规矩矩,恰到好处地排好队,站好岗,灵魂才能在灯笼的身体里待得安稳。那些灯笼做好后,父亲的手上便落满疮疤,那都是让锋利的竹条划伤的。

邻居拴柱来求灯笼,拿来了半袋米。他挠着头,不好意思地对父亲说,因为领阿爸去治病,过年才回来,没赶上定做灯笼。只想来碰碰运气,看父亲有没有做得多余的。我们知道,拴柱家境贫寒,而且家里的老人病了很久,花了很多钱医治,吃了很多的药也不见效。

"我只想把灯笼高高地挂起来,没准那样阿爸的病很快就会好了。"拴柱充满期待地说,仿佛这灯笼真的成了救命良方。

父亲刚开始犹豫了一下,但听到拴柱这样说,便斩钉截铁地说道:"有,正好多一个。"父亲从里屋拿出了一个又红又大的灯笼递给拴柱,"把这个拿回家挂上吧,希望它能灵验,让你阿爸的病早日好起来。"拴柱一个劲地道谢。父亲还撵出家门,硬是把那半袋米原封不动地塞给了拴柱。父亲心软,看不得别人的苦。"你们家条件不好,这个就拿回去吧,这可是你们过年要吃的白米饭啊。那个灯笼算我送给你们的。"

拴柱被父亲感动着,堂堂一个五尺汉子,在父亲面前直抹眼泪。

那是所有灯笼中做得最好的灯笼,那是我们留着自己挂的灯笼。可是父亲却白白将它送人了。我在心里和父亲赌气,嫌他把自己家的灯笼送给了别人。父亲却说,如果拴柱那个虔诚的愿望可以成真,那么我选这个最好的给他,自然就会更灵验一些。

那一年,我们家虽然没有挂起灯笼,但左邻右舍高高挂

起的灯笼,那些被赋予了灵魂的灯笼,仿佛格外地惦记着制造它们的人,争着要把光亮照过来似的,把我家的院子照得透亮。人们不约而同地仰起了头,看着那光闪闪的被赋予了生命的喜气的家伙,用对生活最大的热爱将一年的快乐都渲染在灯笼上,仿佛看到了光灿灿的丰收年景,看到了衣食无忧的将来,看到了一个个即将成真的美好愿望……父亲微微有些喝醉,看着那些在风中飘荡的红红的灯笼,不无骄傲地说,总算没有瞎了这副手艺。

现在我才懂得,父亲在编制那些灯笼的时候,把自己也做成了一盏灯笼,用善良做芯儿,用爱心当罩,这盏灯笼高挂在我的心里,一生都不会熄灭。

一棵桂花树的爱

/一路开花

与他相爱时,我正值十八,大好的豆蔻年华。我梦想着要成为一名红遍大江南北的歌手,于是循规蹈矩,按照老师所说的一步步脚踏实地。

他有些木讷。直到此时,在我心中已有些模糊的他仍是只能用这个词来形容。他从不会在公众场合明目张胆地吻我,或在特别的节日买一束玫瑰给我,更不会有烛光晚餐了。他唯一会做的,就是在金秋时节,为我采来满满一手提袋的米黄色桂花,无枝无叶。

他知道,我喜欢桂花。那些覆盖了我整片床铺的妖娆馨香,就像那时的我所梦寐的爱情一样。

相爱三年后,我也大学毕业了。这三年的时光里,虽说没有任何波澜涌动的回忆,可我还是在临近毕业的那几天夜里抱着他哭得稀里哗啦。

其实，我所想要的只是他的一句挽留，一个坚定的承诺，让我彷徨的心能在瞬间得以安定，和他同苦共乐，一起拼搏。可他不但一句多余的话都没有，甚至还怂恿我回家工作，说家中抚养我几年的双亲年事过高，万事需要有人照顾。

我再没多说话，按照他的意思，真的回去了。只是，这段在我人生里馨香了三年的爱情，也随之无故地被我抹杀了。我与他说分手的那夜，他仍旧没有多一句挽留的话，只是第一次在电话那头哭得没了声音。

这就是我原本以为会天荒地老的爱情。最后，竟然如此脆弱地夭折了。

颓伤了大半年后，我爱上了一位比我年长五岁的画家。人生的磨难让他有着异于常人的稳重与成熟，而从艺的心又让他生性刚直浪漫。尤其是后者，让我疯狂不已。

当他第一次展出为我悄然而作的一百多幅油画时，我哭得难以自制，毫不犹豫地答应了面前这个双腿稍有不便的男人的求婚。我断定，这就是我此生所要追寻的爱情了。

之后，我默默为他打理好生活中的一切，甘愿做他背后的小女人。而那一个遥远的，要红遍大江南北的旧梦俨然成为过去。

几年后，我有了孩子。孩子如我一般，热切地爱着桂花香。丈夫腿脚不灵便，自是不能劳烦他来带孩子。于是，孩子的饮食起居全都落在了我一人身上。

我开始渐渐体验作为一位母亲的苦楚，也不由想起那位一逢金秋便为我采来满袋桂花的男子，他当时执意要我回来孝敬家中双亲，不就体现着他的善良与成熟吗？可这样的彻悟终是因为时光过境,刹那间出现,又倏然消失了。

孩子站在大片阴凉的桂花树下,久久不愿离去。

"妈妈,我想要一把桂花。"孩子扯了扯我的衣服,用渴望的眼神看着我。

我二话不说,取来梯子,仰头摘取。丈夫在内屋不停地笑我,说女儿一定会被我宠坏的。我没多言,因为我心中所想的只有我的女儿,还有此时正在家中作画的丈夫。我想要尽我所能地多采一些,一部分分给我的女儿,一部分分给我的丈夫。想着一坐就是几个时辰的他,要是有了这些米黄小花做伴,自不会觉得生活索然枯燥了。

于是,当我汗流浃背地把一小捧桂花放到女儿掌心后,便叫她进屋取来手袋,我要多摘一点。

烈日如火一般炙烤着大地。尽管我站在树阴下,可那灼人的气息还是如此实实在在地撩过了我的身体。那些不争气的汗水顺着我的额头、手臂不停地向下滴落。

大半天后,我扭动着酸疼的脖子向下张望,才发现女儿早已在屋外的长凳上熟睡了。而我手袋中的桂花才有三分之二。

这些米黄的小花,在每一个枝节上看似簇拥很多,实质只有一点。想要采一小捧,都必须来回越过几十个枝节,一一小心摘取。力道不能过大,不然花瓣会被捏碎。却又不能过小,过小就无法将一个枝节上的桂花在一个举手间全然摘下。

忽然,我想起那个每逢金秋就给我送来满袋桂花的男子。终于明白在那一日之内,他需要付出多少汗水与细心呵护。

瞬间,我站在高高的木梯上热泪满面。丈夫在屋内看见,着急地问我怎么了,一边问,一边忙着起身出屋。

我侧过头大声地回答他,是仰头看阳光看的时间太长了,没事儿。

在他坐定后,我看着被汗湿透的衣衫,未满手袋的桂花瓣,再次泪落如雨。

十几年后的今日,我终是懂了,那三年里,木讷的他其实是在用一颗无比细微的心照顾着我,并给予温暖。那整片整片的桂花树,包括树上的每一个枝节,每一朵花瓣,原来都有着他爱的印记。只是,这爱在我心里就这么迟悟了整整十几年。

十几年的时间,在尘世中的确是无法让沧海成为桑田,却能让一颗本该拥有爱的心,辗转错过了最爱的地点。

有一种爱叫相依为命

/孙道荣

三十五岁的熊明强,是坐在母亲的背篓里长大的。

熊明强是父母亲的第一个孩子,他的出生给这个贫穷的家庭带来了短暂的快乐,紧接着命运就把他们推向了苦难的深渊。因为先天畸形,他的四肢没有骨骼,这意味着他永远长不大,永远不能走路。三十五岁了,他的身高只有八十厘米,体重也只有二十六公斤。

每天无论是下地干活,还是上街串门,六十五岁的老母亲,都会将熊明强小心翼翼地放进背篓,背在身上,然后一起出门。在重庆巴南区南彭镇鸳鸯村泥泞坎坷的山路上,你经常可以看见这样一幕:一位身穿蓝色粗布外套、脚穿解放鞋,身体瘦弱的老妇人,背着一个小背篓,背篓里装着一个面相三十多岁、身高却只有几十厘米的男子,缓慢而吃力地走在山路上。

　　坐在母亲的背篓里,熊明强看到最多的,是母亲的后脑勺。有一天,他惊讶地发现,母亲头上出现了第一根白发,那是连母亲自己都没有注意到的。这个发现,让他难过不已。那时候,母亲还非常年轻,村里像母亲这个年纪的女人,都显得格外秀气漂亮。他想帮母亲拔下来,母亲却摇摇头。就像夜里骤然而至的大雪一样,没几年,母亲的头发就变得花白了。他已经无法数清白发有多少根了,他很伤感。母亲反而笑了:天下还有哪个儿子,会留意到自己妈妈头上的第一根白发呢?

　　坐在母亲的背篓里,熊明强明显地感觉到,母亲的背篓在慢慢地倾斜。他的重量,加上背篓自身的重量,接近三十公斤。这个重量,一个成年男子背着都会感到吃力。以前,母亲背着他下地干活,因为山里的地离家很远,所以,走着走着,累了的母亲,腰就会慢慢弯下来。母亲的腰一弯曲,他就知道,母亲是太累了,他就会让母亲将背篓放下来,休息一会儿。这时候,他会用双手帮母亲揉揉肩膀。靠在背篓旁的母亲,一脸惬意的样子。可是现在,背篓刚背上肩就向前倾斜了,他知道,这是因为母亲的脊梁,已经弯曲了。母亲年纪大了,她的腰杆再也不能像从前那样挺直了。这让他愧疚不已,是自己将母亲的腰杆压弯了啊。母亲却总是很欣慰的样子:天下还有哪个儿子,会留意到自己妈妈的背,是从什么时候变弯的呢?

　　熊明强从小就很少喝水,出门下地干活之前,母亲都会让他多喝点水,免得在田头口渴,但他总是摇摇头,从小他就不大喜欢喝水。只有他自己知道,多喝一口水,母亲的背篓

就会多一口水的重量啊。

　　沉重的背篓,使母亲习惯了低头走路,熊明强就会从背篓里伸出头,帮母亲看前面的路,有个沟,有条坎,有个树枝什么的,他就提醒母亲。坐在背篓里,看着母亲埋头在田里干活,熊明强会经常抬头看看天,如果有乌云过来了,他就喊母亲,赶紧找地方躲雨;如果正午的太阳,把自己的影子缩进背篓里了,他就告诉母亲,该回家做午饭了。

　　三十五年了,母亲已经背坏了二十多个背篓。不论走到哪儿,老母亲都背着背篓,和背篓里的儿子。年迈的母亲,已经忘却了这是苦难。她艰难地弯下腰,背起背篓,走在崎岖的山路上,那是回家的路。儿子坐在背篓里,和她说着话。这让她很满足,儿子和她相依为命,这也是上天的礼物啊。